여성이여,
열정의 중심에 서라!

여성이여, 열정의 중심에 서라!

초판 1쇄 인쇄_ 2008년 10월 15일 | 초판 1쇄 발행_ 2008년 10월 20일
지은이_도지현 | 펴낸이_진성옥 · 오광수 | 펴낸곳_꿈과희망
디자인 · 편집_김창숙, 박희진 | 마케팅_김진용, 고우성 | 인쇄_보련각
주소_서울특별시 용산구 원효로 1가 112-4 디아뜨센트럴 217호
전화_02)2681-2832 | 팩스_02)943-0935 | 출판등록_제1-3077호
http://www.dreamnhope.com| e-mail_ jinsungok@empal.com
ISBN_978-89-90790-81-1 03810 | 값 9,000원
ⓒPrinted in Korea.
※ 잘못된 책은 바꾸어 드립니다.

성공을 꿈꾸는 여자가 알아야 할 모든 것

여성이여, 열정의 중심에 서라!

도지현 지음

꿈과 희망

**열정을 끌어안고 세상 속으로 뛰어든 순간,
여성은 새로이 태어난다.**

우리 주위를 돌아보면 곳곳에서 성공한 여성들에 대한 이야기들이 쏟아져 나온다. 20대에 연봉 4억을 버는 여성, 평범한 주부였다가 남편의 사업 실패로 뛰어든 사회에서 성공한 여성, 비만에서 탈출하기 위해 다이어트 하다 이제는 유명인이 된 주부 등등 20대의 여성부터 중년의 여성까지 사회에서 성공의 대열에 들어선 여성들에 대한 이야기는 우리네 가슴을 벅차게 만든다.

그러나 아직 우리 사회는 남성 위주로 흘러가고 있고, 수많은 여성들이 기존 관념이나 스스로 굳혀 버린 사회 풍습 속에 갇히거나 안주하면서 지내고 있다.

이제 이 사회는 여성들에게 사회의 통념 속에 갇혀 지내는 것을 보고 있지 않는다. 예를 들어 경제적으로 남편 혼자서 벌어서는 풍요로운 생활을 하기 어려워지는 구조로 변하고 있는 것이다.

언젠가 내가 마음먹으면 그때부터 뭔가 해야지 하고 마음 먹는 순간 모든 것은 너무 늦어진다. 이제 여성들도 그 누구보다 자기 자신을 위해서 성공을 꿈꾸고 이루기 위해 지금 당장 준비를 해야 한다.

세상은 열정을 가진 자에 의해 움직여진다는 말이 있다.

성공한 여성들을 살펴 보면 그들이 가진 재능이 뛰어났다기보다 그 재능을 만들어내기까지 꼭 끌어안고 있는 것이 있다. 바로 '열정' 이다.

성공한 사람들을 살펴 보면 실패 없이 성공한 사람은 단 한 사람도 없다. 실패를 딛고 방법을 찾아 도전하고 또 실패하고 도전하기를 반복한 결과 성공이라는 열매를 따게 된 것이다. 이렇게 실패와 도전을 반복하면서도 이겨낼 수 있었던 원동력은 바로 열정이 있기 때문이다.

사람마다 성공하고 싶은 분야가 다 다르다.

돈! 명예! 사랑! 그 어느 것이 되었든 자신의 꿈을 이루고 성공의 대열에 끼기 위해서는 우리 스스로를 계발하고 수많은 정보를 들여다보고 나한테 맞는 것을 찾아낸 후 도전하면 된다.

성공을 꿈꾸는 여성들이 알아야 할 것들을 하나하나 모으면서 이 과정을 통해 대한민국 여성들이 한층 업그레이드되고, 가슴 속에 품고 있는 열정을 끌어내어 새로이 탄생하기를 바라는 마음을 담았다.

사회에 첫 발을 내딛는 여성들이나 행복하고 멋진 삶을 살기 위한 여성들, 활화산 같은 열정을 품고 있으면서 이를 발산하지 못한 모든 여성들에게 작은 디딤돌이 되기를 바란다.

도지현

제2부 감성 에너지를 성공에 바르는 여자

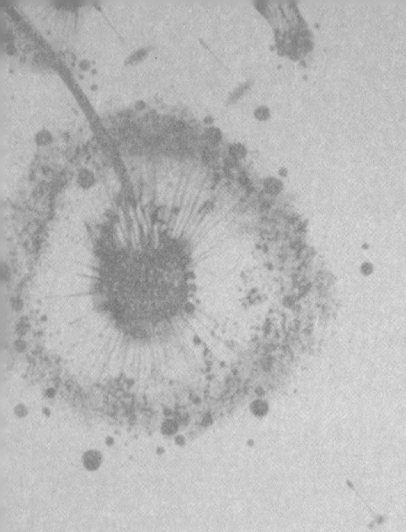

｜ 여 성 이 여   열 정 의   중 심 에   서 라 ｜

사랑, 꿈, 희망, 돈, 명예, 생명, 우리, 함께, 부자, 미래, 성공, 도전, 그리고 열정!
어느 설문지에서 여성들이 떠올린 단어들이다.
과연 우리 한 사람 한 사람 가슴 속에 품고 있는 단어는 무엇일까?
사람마다 꿈이 다르고 갈 길은 다르지만
이를 이루기 위해 한 가지는 꼭 품고 있다.
바로 열정이다.
이제 자신의 인생을 성공시키기 위해 나만의 색깔로 승부하자.

1 성격 좋은 여자, 성격을 창조하는 여자

타고난 미인(美人)은 있을지 몰라도
타고난 악녀(惡女)나 천사(天使)는 없다.
사람의 인성, 그것은
어렸을 때는 환경에 의해 길들여지고 형성되며
어른이 되어서는 자기 노력에 의해 다시 창조된다.
지구의 절반 여성이여!
여성 평등을 운운해야 하는 시기는 이미 지났는데도
당신의 성격은 아직도 30년 전의 수동형이고
당신의 사고가 단지 '여성'이라는 세계에만 갇혀 있다면
이제는 여자 아닌 한 사람으로
시대와 사회가 간절히 원하는 성격의 소유자로
다시 태어나야 한다.
지금, 세상은 성격 좋은 여자,
성격을 창조하는 여자를 원하고 있다

외향적인 것이
전부는 아니다

"미수 씨가 부러워. 나는 내성적이라서 어디서든지 앞에 나서지도 못하고 사람도 잘 못 사귀고 그래. 아무리 외향적으로 바꿔볼래도 그게 잘 안 되더라구."

외향적인 성격의 상대에게 부러움을 표현하는 이들이 적지 않다. 외향적이기 때문에 매사에 적극적이고 사람들과도 잘 어울리고 무엇을 하든지 잘 할 거라고 생각하는 것이다.

그러나 분명한 것은 외향적이라고 해서 반드시 '성격 좋은 사람'일 거라고 생각한다면 그것은 엄청난 착각이다. 외향적이기에 처음 만난 사람과도 쉽게 대화를 이끌어가고 어떤 일이든 적극적으로 나서는 성향이 있긴 하지만 반대로 자신과는 다른 성향을 드러내는 상대를 이해하고 포용하는 일 또는 자신과는 다른 사고를 지닌 사람들의 의견을 적절히 수용하며 조화를 이루는 부분에서는 오히려 취약점을 보이는 이들도 있다. 특히 외향적인 성향을 지닌 사람들 중에는 자기 과신이 지나치며 매사에 흑과 백 둘 중 하나를 강조하고 그

15

외향적일수록 자기 관리가 매우 중요하다.
외향적이기에 단점 또한 쉽게 드러날 수 있으며
상대는 자신의 의도와는 전혀 다르게 해석하여 오해를 살 수도 있다.

다지 중요하지 않다고 생각되는 사소한 일에는 주의를 기울이지 않는 맹점을 지닌 이들이 적지 않기 때문이다.

외향적인 성격을 지닌 사람들은 행동하기를 좋아하는 경향이 있으며, 어떠한 문제가 자기에게 닥치더라도 피하려 하지 않고, 실제적으로 도전을 하는 대처 방법을 택할 정도로 외부적인 환경에 쏠리는 편이다. 하지만 이런 경향이 그다지 좋은 결과를 낳지 못하는 일도 종종 발생한다.

이를 테면 외향적인 성격을 지닌 한 직장 여성이 있다고 치자. 그녀가 사내에서 여사우회 모임을 만들고자 앞에 나섰다. 그러나 사람들마다 생각이 제각각이다 보니 일부는 굳이 여사우 모임을 만들 필요가 있겠느냐며 시큰둥한 입장을 드러냈다. 이같은 상황에서 그녀가 단지 외향적인 성격일 뿐 반대 입장인 사람들을 포용할 만한 넓은 가슴이 없다면 그녀는 자신의 뜻을 옹호하는 사람들만을 모임에 가입시켜 사내 여직원들을 두 패로 갈라놓는 오류를 범할지도 모를 일이다. 모임에 가입하지 않는 여직원들은 그녀에 대해 '잘난 척하며 앞에 나서길 좋아하는 여자' 또는 '저 잘난 맛에 사는 여자' 정도로 치부하면서 좀처럼 그녀와 가까운 사이가 되지 않으려고 할 것이다.

또 이런 사람들도 있다. 여러 명이 모임을 갖는 자리에서 늘 자신의 얘기만 늘어놓고 분위기를 자기 위주로 이끌어가는 경우다. 본인은 자신의 성격이 좋아서 모임 분위기를 즐겁게 이끌어간다고 생각하지만 말을 들어주는 사람들 입장은 결코 그렇지 않다. 그 상황으로부터 빨리 벗어나고 싶어 하거나 조용히 해달라고 한 마디 건네고 싶어질 것이다.

우리는 생활 주변에서 이처럼 외향적이긴 하지만 편협적인 사고

17

방식을 지녔거나 자기 입장만 강조하여 자기 방식대로만 행동하는 이들을 보게 된다. 그 누구도 그녀에게 '정말 성격 좋은 여자야'라는 말은 결코 하지 않을 것이다.

외향적일수록 자기 관리가 매우 중요하다. 외향적이기에 단점 또한 쉽게 드러날 수 있으며 상대는 자신의 의도와는 전혀 다르게 해석하여 오해를 살 수도 있다. 따라서 외향적인 성격의 사람들은 대화할 때 목소리톤을 낮추거나, 액션을 적당히 줄이는 노력이 필요하며 특히 비즈니스 상대에게는 신뢰를 얻기 위해 자기 표현을 적절히 자제하는 것도 좋다.

미모는 한시적이다
능력으로 인정 받아라

나는 모든 것을 즐기고 싶다.
그리고 하루하루가 인생의 마지막 날인 것처럼 유쾌하게 살고 싶다.
| 내가 마지막 본 파리 |

'얼짱', '몸짱'은 최근 몇 년 동안 매스컴의 화젯거리로 자리를 굳혔다. 연예인들마저도 자신의 얼굴 중 어느 부분을 성형했다는 사실을 자신있게 말한다. 취업을 앞둔 여대생들이 눈, 코, 턱 등의 수술을 한다. S라인 몸매가 아니면 비키니 수영복을 입지 말아야 한다. 21세기 대한민국은 외모 지상주의, 즉 '루키즘(lookism)'이 판을 치고 있는 중이다.

여성의 성공에 미모는 어떤 영향을 미칠까?

패션디자인계의 대모로 불리는 디자이너 이신우, 그녀는 아름답고 세련된 디자인으로 성공했다. 세계적인 프로골퍼 박세리는 어린 시절부터 아버지로터 강한 훈련을 받은 덕에 대한민국을 대표하는 골퍼가 되었다. 창업주의 갑작스런 사망으로 1972년 남편 뒤를 이어 경영 일선에 나선 애경 그룹 장영신 회장은 선택과 집중 전략을 통해 매출 2조 원대의 그룹으로 발전시켰다.

이신우 씨는 패션계를 이끌지만 뛰어난 미모로 무대 위를 걷는 모

19

그녀의 학력은 고졸이었고 키는 작다.
얼굴이 미인인 것도 아니다.
하지만 그녀에게는 남다른 삶의 철학과 방식이 있다.
'오늘이 생애 마지막 날이다' 라는 자세로 삶을 살아왔다.

델들만큼 키가 크지도 않고 얼굴이 미인이라고 할 만큼 뛰어난 미모는 아니다. 박세리는 이목구비가 시원하고 키가 훤칠하지만 여성적인 미인이라고 말할 수는 없으며, 푸근하고 자상해 보이는 평범한 얼굴의 소유자인 장영신 회장 또한 미인의 얼굴과는 거리가 멀다.

미모 지상주의와 함께 최근 들어서는 아나운서계에도 지성과 학식, 미모를 두루 겸비한 젊은 여성들이 등장하고 있지만 장기적인 비전에서의 성공은 미모와 무관하다. 엔터테인먼트의 도구로서 미모는 한시적이기 때문이다. 얼굴이 무기이자 재산처럼 여겨지는 연예계마저도 수십 년간 팬들의 사랑을 받으며 능력을 인정받고 있는 프로들은 대부분 미모가 아닌 재능과 인내가 성공 요인으로 비춰진다. 그렇다면 일반 전문직 종사자나 비즈니스우먼들에게는 미모란 그저 따라 주면 더 돋보일 뿐 성공을 결정하는 요소가 될 수 없다.

여성의 성공에는 능력, 인간 관계, 밝은 성격, 이해심과 인간미 등이 결정적인 요인으로 작용한다. 얼굴과 몸매는 동네 아줌마 같지만 적극적이고 밝은 성격과 남다른 재능으로 성공한 여성의 대열에 서 있는 이들이 한둘이 아니다.

여성이라면 누구나 다 아름답고 싶은 욕망을 갖는 것은 당연한 일일 것이다. 하지만 미모를 위한 투자나 노력이 일에 대한 열정과 시간보다 앞서간다면 그것은 분명 스스로 성공을 가로막는 일이 될 것이다. '이왕이면 다홍치마'라는 말처럼 좀더 깔끔하고 세련된 옷차림과 적당한 화장으로 자신의 미모를 좀더 아름답게 드러내는 것쯤이야 누구에게나 필요한 것이다. 하지만 미모를 위해 성형 수술을 하고 고가의 패션 의류를 선호하고 화장과 몸매 관리에 돈과 많은 시간을 투자하는 것은 그다지 권장할 일은 아니다.

외모가 아닌 열정과 노력으로 성공한 여성의 대표적인 케이스로

실리콘밸리의 성공 신화를 일군 김태연 회장을 떠올릴 필요가 있다. 이미 2002년 '미국 100대 우량기업 여성 CEO'로 불리는 그녀는 동종 업계 세계 1위인 반도체 장비 회사 라이트하우스, 웹사이트 전문 회사인 모닝플라넷, 놀스타, 데이터스토어X, 엔젤힐링 등 세계가 주목하는 유망 하이테크 산업인 TYK 그룹의 총수로 세계 최고 경영자 반열에 당당히 올라 있다.

그녀의 학력은 고졸이었고 키는 작다. 얼굴이 미인인 것도 아니다. 하지만 그녀에게는 남다른 삶의 철학과 방식이 있다. '오늘이 생애 마지막 날이다'라는 자세로 삶을 살아왔다고 한다. 또 그녀의 멋내기는 합리적이며 이색적이다. 그녀는 사람들을 만날 때면 짙은 화장과 화려한 옷, 현란한 헤어스타일 등 늘 최선을 다해 자신을 가꾼다. 하지만 그녀는 성형을 하지 않았으며 성공하기 이전에는 패션이나 미모에 돈을 투자하지 않았다. 이제 성공을 거머쥔 만큼 그녀는 자기 관리를 할 뿐인 것이다. 만나는 사람의 취향과 정서를 고려해 하루에도 몇 번씩 옷을 갈아입는 것은 철저하게 자신 관리와 만나는 사람을 배려하는 자세다.

여성들이여! 성공을 원한다면 얼굴에 칼을 대기 이전에 마음속에 성공을 위한 칼을 갈아라.

루키즘(lookism)이란 외모가 개인간의 우열뿐아니라 인생의 성패까지 좌우한다고 믿어 지나치게 외모에 집착하는 외모 지상주의를 말한다. 미국 《뉴욕 타임스》의 칼럼니스트인 윌리엄 새파이어(William Safire)가 2000년

8월 루키즘을 인종·성별·종교·이념 등에 이은 차별 요소로 지목하면서 부각되었다.

외모가 연애, 결혼, 취업, 승진 등 인생의 성패를 좌우하기 때문에 외모를 가꾸는 데 많은 시간과 노력을 기울이게 된다는 것이다. 잘난 외모를 선호하는 사회 풍조에서 비롯된 루키즘은 너무 집착하다 보면 병증으로 발전할 수도 있다는 것이 가장 큰 문제점이다. 최근 우리 나라에서도 여성들의 성형 수술과 다이어트 열풍, 그리고 여기에 얼짱, 몸짱 문화까지 가세하면서 루키즘 문화가 만연되고 있다.

양보가
미덕은 아니다

우리는 살아 있는 인간입니다.
그들은 우리를 전멸시킬 수 없고, 또 쓸어버릴 수도 없습니다.
우리는 영원히 살아갈 것입니다. 아버지, 우리는 인간이기 때문입니다.
| 분노의 포도 |

조직 사회에서는 특정인을 지목하기보다는 두 명 이상의 인물을 놓고 그들로 하여금 어떤 선택을 하게 하는 경우가 많다. 대상자들 여러 명인 경우에는 경쟁을 통해 한 명을 선발하기도 한다. 하지만 대상자가 단 둘일 경우 어느 한쪽이 스스로 양보하거나 포기하는 경우가 비일비재하다. 특히 상대가 동기이거나 같은 부서 직원이라면 욕심이 적은 사람이 스스로 양보하는 경우도 있다.

양보란 남을 먼저 생각해 주는 너그럽고 따뜻한 마음에서 비롯되는 일이니 아름다운 일이 아닐 수 없다. 때문에 한국 문화에서의 양보란 미덕이고 사람 사는 정을 느끼게 해 주는 우리만의 독특한 정서다.

하지만 때로는 양보가 아름답기보다는 자신을 발전시키지 못하는 장애가 되기도 한다. 다시 말해 양보를 해야 할 때와 해서는 안 되는 때를 잘 구분해야 한다는 것이다.

음식을 먹다가 남은 음식을 배고픈 상대에게 내미는 것, 차 안에

24

서 노약자에게 자리를 양보하거나 어떤 일을 위해 줄을 서서 기다리다가 더 급한 사람을 위하여 자리를 바꿔 주는 것은 더없이 좋은 일이고 칭찬받아 마땅한 일이다. 생활 속에서 친근한 이웃이나 친구에게 양보하는 마음과 행동을 보여 주는 것 또한 갈채를 보내야 할 일이다.

문제는 일에서의 정당한 경쟁이나 스포츠에서는 인간 관계나 친분 때문에 양보를 한다면 그것은 어리석은 행동이 되고 만다는 것이다. 먹을 것이나 편리함 또는 의견 대립시 양보를 하는 것은 좋은 일이지만 성공이라는 목표를 향해 경쟁의 무대에 선 상황이라면 그때는 양보가 아닌 최선을 다한 경쟁을 한 후 그 결과에 맡기는 것이 현명한 일이다.

이를 테면 같은 회사에서 입사 동기 3명을 대상으로 하여 이들 중 한 명을 뽑아 외국지사 파견을 보낸 후 현지 사업이 구체화되면 현지 법인을 설립하여 그곳의 CEO로 키울 작정이다. 이런 경우 평소 착하기로 소문난 한 사람이 아예 처음부터 동기들을 위해 자신은 대상에서 빠지겠다고 한다면 그를 바라보는 주변 사람들의 시선 속에는 '바보 아냐?' 라는 무언의 메시지가 들어 있기 마련이다. 경쟁 인원이 단 두 사람이라 할지라도 단지 '다른 사람들 눈에 욕심이 많은 것처럼 보일까 봐서' 라거나 '친한 친구인데 나 혼자만 잘 되면 안 될 것 같아서' 라며 스스로 경쟁을 포기했다면 이 또한 현명하지 못한 사람으로 치부되고 만다. 훗날 친구가 CEO가 되어 있고 자신은 만년 차장 직급에 머물러 있게 된다면 그때는 후회하게 될 것이다. "그때 욕심을 낼 것을", "정당하게 경쟁했더라면 내가 될 수도 있었을 텐데."라고.

미스코리아 본선에서 최종 두 명이 남았을 때 두 사람 모두 "제가

일에서의 정당한 경쟁이나 스포츠에서는 인간 관계나
친분 때문에 양보를 하다면 그것은 어리석은 행동이 되고 만다.
성공이라는 목표를 향해 경쟁의 무대에 선 상황이라면
그때는 양보가 아닌 최선을 다한 경쟁을 한 후 그 결과에 맡기는 것이 현명한 일이다.

진이 되었으면 좋겠습니다."라는 말을 한다. 박세리와 김미현이 같은 경기에서 공동 1위를 달리고 있을 경우 그녀들의 마음속에는 '내가 승리해야 한다' 는 생각이 드는 것이 당연하다. 같은 나라 국민이기에, 친구나 동료이기에 정당한 경쟁에서 자리를 스스로 내 주었다면 그것은 단지 '양보' 라는 말로 포장할 수 없는 자기포기의 일종일 수밖에 없다.

  너무도 사랑한다는 이유만으로 이미 남의 사람이 되어 있는 사람을 내 사람으로 빼앗거나 그들의 행복을 방해한다면 그것은 지나친 자기 욕구 충족이고 부도덕한 행위로 비난받을 수밖에 없다. 하지만 새로 들어온 매력 만점, 능력 만점의 신입사원에게 직장 내 여러 명의 여성들이 관심을 갖고 접근을 시도하고자 할 때 그녀들과는 다른 방법으로 재빨리 내 사람으로 만든다면 그것은 능력이고 열정이다. 혹자는 유치한 발상의 비유법이라고 말할 수도 있겠지만 사랑을 쟁취하는 것은 분명 능력이고 누구든 원하는 것이다. 단지 그렇게 하지 못하는 사람들은 희망사항(?)으로 미련만 갖게 될 뿐이다.

'여자니까' 라는
생각은 버려라

내가 제일 두려워 하는 것은 너희들과 어울려
나의 남은 인생을 헛되이 보내지나 않을까 하는 것이다.
| 브레이킹 어웨이 |

영화 '청연'의 주인공은 우리 나라 최초의 여성 비행사 박경원을 그린 작품으로 흥행에 성공은 못했지만 그녀를 널리 알리는 데 큰 몫을 했다. 간호사로 일하던 그녀는 스물네 살의 나이에 일본으로 건너가 비행 학교에 입학하여 1928년 고등비행사 자격증을 취득했고 비행 레이스에서 뛰어난 비행 실력을 보이는 등 주목을 받았지만 1933년 8월 장거리 비행에 나섰다가 짙은 안개를 만나 추락하여 안타깝게도 32살로 짧은 일생을 마친다.

1920년대라면 우리 나라 보통 여성들은 학교 문턱에도 제대로 가 보지 못하고 대문 밖 출입도 함부로 못하면서 현모양처가 되기 위한 신부 수업을 받다 10대 중반이 되면 하나같이 부모가 정해 준 남자에게 시집을 가던 시대다. 일본 유학을 통해 간호사가 된 것도 모자라 그야말로 여자로서는 감히 접근하기 어려운 비행사라는 전문 분야에 도전한 그녀의 야망과 능력이야말로 인정하지 않을 수 없는 일이다.

28

광복 이후 고등교육을 받고 사회에 진출하는 여성들이 크게 증가하면서 각 분야에 선구자적인 여성들이 크게 증가했다.

서울대 법대를 졸업하고 1952년 3회 고시 사법과에 합격한 여성 판사 황윤석 씨, 1996~1998년 주핀란드 대사를 역임한 데 이어 1998~2000년 주러시아 대사를 지낸 이인호 명지대 석좌교수, 2002년 국군간호사관학교장(준장)에 임명되어 장군이 된 양승숙 현 한국전력 감사, 열린우리당 의원을 거쳐 총리가 된 한명숙 전총리.

이들의 공통점 역시 '금녀(禁女)의 벽'을 깨고 당당하게 각 분야에서 최초의 여성이 된 인물들이다.

사실 2000년대에 들어와 '여성1호'라는 말을 한다는 것은 새로운 얘깃거리는 되지만 놀랄 만큼 특별한 뉴스는 아닌 듯한 느낌이다. 그만큼 우리 사회에 여성의 파워가 아직도 약하다는 것을 드러내는 일이다.

이유는 뭘까?

'여자라서', '여자이기 때문에', '여자니까', '여자가 어떻게' 등등.

우리 사회는 남성, 여성을 막론하고 아직도 이같은 생각에 젖어 있는 사람들이 부지기수라는 사실이다. 특히 남성들의 편견은 여성들의 사회 진출과 성공에 큰 장애물이 되어왔다. 하지만 '암탉이 울면 집안이 망한다'는 봉건적이고 보수적인 사고를 지닌 이들은 이미 노령화 사회의 일원으로 후퇴했는데도 불구하고 20~30대 신세대 직장인들마저도 아내가 직장생활을 하길 간절히 원하면서도 직장상사가 여성이면 "그 놈의 노처녀 언제나 시집을 가나."라고 말하거나 "이번에 부장이 새로 온다는데 제발 여자가 아니었으면 좋겠네."라며 여성의 사회적 지위나 성공에 찬물을 끼얹은 이들이 적지

'여자(女子)'라는 이름만으로 긍정으로부터 멀어져서는 안 된다.
'여자(女子)'이기 전에 한 '인간(人間)'으로서 승부사를 던져라.
그것이야말로 당신의 삶에 성공이라는 이름표를 달아줄 것이다.

않다.

이같은 남성들의 사고 방식도 문제지만 여성 스스로 '여기까지가 나의 한계다', '부장까지가 우리 회사 여직원 승진의 한계다'라고 아예 자신의 성공과 미래에 한계를 긋거나 단념을 하는 이들이 많다는 것이다.

여자든 남자든 성공을 위해 부단히 노력하고 달려가는 이들에게는 남과 다른 것이 있다. 그것은 스스로 어떤 한계를 긋지 않으며 누구의 눈치도 보지 않는다는 것이다. 다시 말해 스스로 선택하고 도전한다. 단순히 조직 속에서 남자와 동등하거나 반드시 이겨야 한다는 페미니즘적 사고가 아니라 한 인간으로서 목표를 이루고 성공해야 한다는 신념이 여자들에게는 있다.

80년대까지만 해도 남성에 비해 여성들의 사회 진출이나 성공에는 장애 요인이 많았던 게 사실이다. 하지만 지금은 21세기다. 목표를 세우지 않는 것은 게으른 것이며 성공하지 못한 것은 능력이 부족하거나 더 많은 열정을 쏟지 못한 까닭이다. 여자라는 그 어떤 이유로 핑계를 삼아서는 안 된다. 사회나 사람들은 더 이상 그것을 인정해 주지 않는다.

'여자(女子)'라는 이름만으로 긍정으로부터 멀어져서는 안 된다. '여자(女子)'이기 전에 한 '인간(人間)'으로서 승부수를 던져라. 그것이야말로 당신의 삶에 성공이라는 이름표를 달아줄 것이다.

페미니즘(feminism)이란, 여성 해방을 궁극적 목표로 하는 운동 또는 그 이론을 말한다. 19세기 중반에 시작된 여성 참정권 운동에서 비롯되어 그것을 설명하는 이론까지 포함하는 개념. 페미니즘의 등장은 사회불평등은 물론이고 현대 사회의 여러 비인간적인 요소들의 근원이 되었다. 여성의 남성에 대한 종속이 가장 큰 문제로 가부장적인 문화와 관습하에서 여성들은 자유를 억압당하고 평등의 권리를 누리지 못하고 살아왔으며, 사회적으로도 여성의 발전과 성공을 제한하고 있는 것을 문제로 삼는다. 이에 인간성의 회복을 위해서 우선적으로 여성지향적 특성들이 더 부각되고 존중되어야 한다는 것이다.

공주는 우아한 드레스를
벗어던져라

주께서는 한쪽 문을 닫을 때 다른 창문을 열어 놓으신다.
| 사운드 오브 뮤직 |

몇 가지 현실적인 것들에 대한 공주들의 반응을 살펴보자.

– 직장에 들어가면 신입사원일 때는 회사 로비 출입문 앞에 서서 하루 종일 인사만 한 적도 있는데.

"어머, 내가 그런 걸 왜 해. 인사하려고 회사 들어갔나."

– 먼저 배운 사람이 선배야. 나이 어려도 선배 대접 하지 않으면 노하우를 전수받지 못한다더군. 가끔씩은 선배들에게 자판기 커피도 빼다 드리고 그래야 이쁨 받지.

"기가 막혀, 미쳤니. 차라리 안배우고 말지."

– 팀장 되면 가끔씩 일요일에도 출근하더라구. 자기 팀원이 일을 못 마치면 어쩔 수 없는 거야.

"일요일에 출근을 한다구? 차라리 회사 안다니고 말겠다. 뭐 그딴 회사가······."

– 우리 회사는 직원이 많지 않다보니 가끔씩은 여직원들도 수출 나갈 제품 박스를 창고까지 나른다니까.

공주병 중에서도 가장 먼저 버려야 할 것은
남에게 의지하고 받기만 하려는 나약한 생각과 자기 밖에 모르는 이기심이다.
공주는 자신을 사랑해 주는 이성이나 조건 없이 아껴 주는 부모님에게나
공주로서 대접받을 뿐 사회는 공주를 원하지 않는다.

"아니, 기획실 직원이 짐을 왜 날라. 그러니까 중소기업이지. 난 안다니고 말아."

이왕이면 폼 나고 괜찮아 보이는 직업을 택하고 싶지 고생을 하고 싶은 생각은 추호도 없다. 직장을 다니고 싶긴 한데 정시 칼 퇴근 아닌 회사는 싫으며 상사들로부터 이쁨을 안 받으면 안 받았지 거꾸로 커피 한 잔 서비스는 자의든 타의든 죽어도 싫다. 이런 공주들의 갈 길은 딱 하나다. 백조로 살아가는 것이다.

어느 분야를 막론하고 초년병에게는 남들에게 차마 말 못할 만큼 자존심 상하고 힘든 과정이 있다. 남들이 보기에는 화려한 직업일지라도 그 안을 들여다보면 놀랄 수밖에 없는 직업들이 한두 가지가 아니다.

여기자는 허구한날 발에 땀나도록 밖으로 뛰어다니고 그것도 모자라서 사무실에 들어오면 편집장한테 원고 제대로 못쓴다고 욕 얻어 먹으며 몇 년을 지나야 제자리를 잡는다.

출판기획자는 서점에 나가 다리가 붓도록 서성이며 책을 살핀 후 기획안을 내놓아야 하고 제대로 된 기획안 하나 나오려면 그런 과정을 수없이 되풀이해야 한다.

아침방송 아나운서가 되려면 밤새 아무것도 먹지도 못하고 잠도 거의 못자다시피하며 30분 방송을 위해 3시간 전에 방송국으로 가야 한다.

대학교수가 되려면 석사학위 준비시부터 교수들 눈에 들어야 하며 초년 시절에는 원치도 않는 과목에 용돈밖에 안 되는 돈 받아가며 시간강사로 몇 년을 뛰어다녀야 한다.

이렇듯 어느 직업이든 노력이나 열정은 기본이고 필수다. 거기에 원만한 인간 관계와 지속적인 업그레이드(공부)가 필요하고 더 나아가서는 리더십과 카리스마도 따라 주어야 한다. 우아한 드레스에 예쁜 화장하고 마음에 드는 일만 골라서 하는 공주라면 현 시대에서는 성공은 고사하고 밥벌이도 제대로 하지 못한다. 부모 잘 만난 덕에 몸치장이나 하다 그냥 시집이나 갈 생각이라면 몰라도 현실 세계에 뛰어들어 도전하고 성취감을 맛 보려면 공주병(?)은 일찌감치 집어던져야 한다.

공주병 중에서도 가장 먼저 버려야 할 것은 남에게 의지하고 받기만 하려는 나약한 생각과 자기 밖에 모르는 이기심이다. 이는 넓게 보면 성격이다. 공주는 자신을 사랑해 주는 이성이나 조건 없이 아껴 주는 부모님에게나 공주로서 대접받을 뿐 사회는 공주를 원하지 않는다.

쉽게
화내지 말아라

비즈니스 관계로 협상을 할 때, 상대와 대화하면서 의견 충돌이 일어날 때 절대 먼저 하지 말아야 할 것이 있다. 화를 내는 일이다.

사람은 감정의 동물이다. 때문에 서로 의견을 나누다 충돌할 때 대화는 좀처럼 합의점에 도달하지 못한다. 말이 오가는 과정이 지속되다 보면 어느 한쪽에서 포기하기에 이른다. 결국 서로에게 좋은 결과가 없는 것이다. 하지만 결과가 없는 정도에서 끝나면 그나마 다행이다. 만일 어느 한쪽의 감정이 폭발하여 화를 낸다면 싸움이 일어날지도 모르며 싸움이 일어나지 않는다 하더라도 화를 낸 쪽은 이미 감정에 상처를 입게 된다.

우리가 시장에 가서 물건을 구입할 때 고객 입장에서는 5천 원이면 되는데 주인은 6천 원을 부른다. 고객이 깎아 달라고 하자 주인은 그럴 수 없다는 이유를 설명한다. 이때 주인이 먼저 화를 낸다면 주인은 물건을 팔 수가 없다. 결국 손해인 셈이다. 반대로 성격 급한 손님이 화를 내면서 따지다가 결국에는 6천 원을 주고 물건을 구입

37

상황에 따라서 자신의 감정을 잘 다스리는 일,
이는 성격 좋은 여자가 지녀야 할 무기이자 매너인 것이다.

했다면 손님이 손해를 보는 일이다.

협상의 원칙이나 대화술에 있어서 반드시 피해야 하는 일 중 하나가 화를 내는 일이다. 화를 낸다는 것은 감정의 폭발을 의미하며 감정의 폭발은 이성적 판단을 흐리게 한다. 또 인내의 한계가 극에 달한 만큼 포기 또한 빨라진다.

남성에 비해 여성들은 감성이 풍부하다. 때문에 그 풍부한 감성이 인간 관계나 비즈니스에서 한결 유리한 입장이 되게 하는 비타민 역할을 할 수도 있다. 하지만 자칫 잘못 다스리면 화를 먼저 내는 결과를 초래한다. 따라서 직장 내에서나 가정에서나 남녀가 어떤 논쟁거리를 두고 부딪혔을 때 비교적 남성보다는 여성들이 먼저 화를 내는 경우가 많다.

"부장님, 저는 잘못한 게 없어요. 고객이 먼저 화를 내서 전화를 끊은 것 뿐이에요."

"김대리, 왜 화를 내고 그래. 지금 우리는 고객 관리상 문제가 생긴 이유를 말하고 있는 중이야. 흥분하지 말라구."

"당신은 늘 이런 식이야. 정말 화가 나서 참을 수가 없어."

"대체 뭐가 늘 이런 식이라는 거야. 당신은 왜 당신 감정에만 충실해. 아이들 깨니까 조금 작은 소리로 말할래."

다혈질의 남성들도 성격상 먼저 화를 내는 일이 많다. 또 모든 여성들이 남성과 대화할 때 먼저 화를 내는 것은 아니다. 하지만 일반적인 관점에서 볼 때는 감성이 풍부하고 작은 것까지 꼼꼼하게 신경 쓰는 여성들이 대화를 끝까지 이끌어가지 못하고 도중에 먼저 화를

39

내는 편이다. 화가 나기 때문에 참지 못하고 화를 내는 것은 지극히 정상적인 것이며 감성이 풍부한 것이다. 가정에서는 이같은 여성의 감정 폭발로 싸움은 더 커지지 않을 수도 있다. 가족이라는 특성상 감싸주기도 하고 이해하면서 양보하기도 한다. 하지만 비즈니스나 사회생활에서는 먼저 화를 내면 그 화살은 자신에게 돌아간다.

화를 먼저 내면 감정은 갈수록 격해지고 마음이 불안정해지므로 이성적인 판단을 내리기 어렵다. 게다가 말이나 행동에 있어서 실수를 하는 일이 벌어질 수도 있다. 이쯤 되면 상대에게는 약점이나 단점으로 비춰지게 되고 비즈니스 협상이나 거래에서 불리한 입장이 되고 만다.

심지어 직장 여성들 중에는 스스로 감정을 통제하지 못해 자신의 의견이나 생각을 100% 전달하지 못한 상황에서 울음을 터뜨리는 여자들도 있다. 고객과 의견 마찰이 있거나 또는 상사와 대화할 때 흔히 나타나곤 한다.

상황에 따라서 자신의 감정을 잘 다스리는 일, 이는 성격 좋은 여자가 지녀야 할 무기이자 매너인 것이다. 특히 비즈니스에서 여자라고 얕보고 대화를 어렵게 이끌고 가는 짓궂은 사람들도 있다. 이런 사람들과의 협상일수록 감정은 자제하고 차분하면서도 노련한 화술로 상대를 대하면 오히려 상대가 자신의 잘못을 스스로 인정하게 된다.

상대의 입장에서
생각하고 행동해라

먼저 다른 사람을 이해하고 그 사람 입장에서 생각한다는 것은 결코 쉬운 일이 아니다. 많은 사람들이 자신을 먼저 생각하고 자신을 먼저 챙기려고 하면 상대야 어찌 됐든 자신은 손해 보지 않으려는 심리가 강하기 때문이다. 바로 이기적인 성향이 내재해 있기 때문이다. 그것을 강하게 표출시키는 사람은 눈에 띄게 드러날 수밖에 없으며 사회생활 인간 관계에서 다른 사람들로부터 호감을 얻지 못한다.

인도 속담에서는 이기적인 사람의 심리를 이렇게 말하고 있다.

'만일 다른 사람이 그의 일을 끝내지 않았다면 게으르다 하고, 자신이 일을 끝내지 않았다면 나는 너무 바쁘고 많은 일에 눌려 있기 때문이라고 말한다는 것이다. 또 만일 상대가 자기 관점을 주장하면 고집쟁이라 하고, 자신이 그렇게 하면 개성이 뚜렷하다고 말한다'

자신에게 불리한 것은 합리화시켜 정당하게 만드나 타인의 입장은 보여지는 그대로를 가지고 부정적으로 말한다.

41

'만일 다른 사람이 그의 일을 끝내지 않았다면 게으르다 하고,
   자신이 일을 끝내지 않았다면
나는 너무 바쁘고 많은 일에 눌려 있기 때문이라고 말한다는 것이다.
또 만일 상대가 자기 관점을 주장하면 고집쟁이라 하고,
   자신이 그렇게 하면 개성이 뚜렷하다고 말한다'

혼자서 일하고 혼자서 살아갈 사람이라면 몰라도 그렇지 않다면 이기적인 사람은 어딜 가도 환영받지 못한다. 직장에서나 가정에서도 마찬가지다. 이기적인 사람은 모든 것을 자신의 잣대로만 판단하고 생각하고 행동하는 습성이 강하다.

이를 테면 상대가 "나는 스포츠 중에서도 야구를 좋아한다."고 말하면 이기적인 사람은 "날아오는 공이나 맞추고 운 좋게 맞으면 홈런이라고 열광하는 그런 게임은 그다지 정열적이지도 않고 땀 흘려 이기려는 승부욕도 없어 게으름뱅이들이나 좋아할 것이다."고 말한다.

스포츠는 무조건 상대와 열띤 경쟁을 벌여야 하며 시종일관 스피드감을 느낄 수 있어야 한다는 자신의 생각만을 강조하는 일이다. 이런 사람이라면 직장에서 일을 할 때도 자신의 방법만 옳다고 생각하게 되며, 자신이 싫어하는 일은 가능한 다른 사람에게 떠맡기고 자신이 좋아하는 일만 하게 될 확률이 높다. 또 가정에서는 자신은 콩이 들어간 밥과 쇠고기를 좋아하기 때문에 콩과 쇠고기만이 가장 건강에 좋은 식단이라는 입장을 보이고 '여자가 밤에 돌아다니는 것은 범죄를 자청하는 일이다' 는 이기적인 사고로 인해 아내와 다투는 일이 많아질 수밖에 없다.

이기적인 유형의 사람에 대한 이같은 비유는 결코 심한 비약은 아니다. B결혼정보회사가 2006년도 6월 전국 결혼 적령기 미혼남녀 628명을 대상으로 전자메일과 인터넷을 통해 설문조사를 실시한 결과에 따르면 '배우자감의 성격으로 가장 싫어하는 유형' 으로 남녀 모두 '이기적인 면' (남 23.4%, 여 15.9%)을 가장 많이 꼽았다고 한다.

이뿐만이 아니다. 기업에서 직원을 채용할 때 그룹으로 나뉘어 개개인의 인성을 평가하는데 이때 자기가 속해 있는 그룹에서 '얼마나 리더십을 발휘하는가' 외에도 '이기적어서 겉돌지 않고 조직원들과 얼마나 잘 융화하는가'는 심사위원들에게 있어서 매우 중요한 체크포인트가 된다.

사람은 누구나 개성이 있고 자기만의 생각과 판단 기준을 갖는다. 하지만 자신의 생각이나 판단 기준이 때로는 잘못되었음을 인정할 수 있어야 하며, 상대방의 입장에서 생각해 보고 말하거나 행동하는 이해와 양보의 마인드가 필요하다. 특히 사회 활동에서는 이기적인 사고나 행동의 소유자는 살아남기 어렵다. 대부분의 사람들은 이기적인 성향이 강한 사람들과 가까이 하지 않고 기피하기 때문이다.

이기적인 사람들은 상대가 자신의 생각이나 판단에 따라주길 강요하며 자신의 뜻을 굽히지 않는다. 가족이나 친구라면 한두 번쯤 그의 이기주의에 눈감아 주기도 하겠지만 비즈니스나 인간 관계에서의 이기주의는 결국 그를 패자로 만들 것이다. 세상 사람 누구든지 욕심이 없고 생각이 없는 사람은 없다. 다만 때로는 양보도 하고 이해도 하면서 극단적인 결론을 피하고 서로에게서 'Win – Win'을 추구할 뿐이다.

이기주의로부터의 탈피 : 만일 당신이 이기적인 사람이라고 생각한다면 이제부터는 스스로 이기주의의 틀에서 벗어나려는 훈련을 할 필요가 있다. 가장 먼저 할 일은 먼저 상대방의 얘기를 들어 주고 이해하려고 노력해라. 내가 먼저 말하면 이미 어떤 결론을 짓고 나서 그것을 강요하게 된다. 이를 테면 "내 생각에는 B로 가는 것이 현명한 것 같다. 그러니까 A 보다는 B로 가자"라는 식이다. 하지만 상대의 말을 듣고 나면 나의 생각과 상대의 생각에서 공통점이나 합의점을 찾는 노력을 하게 된다. 일방적인 강요나 결론을 짓는 일은 없다.

편견만큼
무서운 것은 없다

로렌스 소령, 당신을 사막에 붙들어 놓는 것이 무엇입니까?
때 묻지 않은 청결함이지.
│ 아라비아의 로렌스 중 신문기자 벤틀리와 로렌스의 대화 │

5명의 딸을 둔 베네트의 이웃에 어느 날 젊고 멋진 신사 '빙리'와 '다시'가 이사를 온다. 두 젊은이들은 베네트의 딸들에게 연정을 품게 된다. 빙리는 첫째딸 제인에게, 다시는 둘째딸 엘리자베스에게 다가서려고 한다. 둘째딸 엘리자베스는 다시가 오만한 부자라는 편견 때문에 열렬하게 다가서는 다시의 청혼을 거절한다. 하지만 훗날 엘리자베스는 자신의 자존심과 주변 인물들의 모함을 통해 갖게 된 오해와 편견을 스스로 깨닫고 다시와 결혼하게 된다.

세계적인 문학 작품으로 꼽히고 있는 영국의 여류작가 J. 오스틴의 소설 '오만과 편견(Pride and Prejudice)'의 간단한 줄거리다.

국내에서 방영된 한 드라마도 특정 여자 대학을 거론하며 상류층의 학벌과 결혼에 대한 편견을 조장했다는 비난을 받자 제작진이 시청자들에게 사과의 뜻을 전하는 일이 발생하기도 했다.

이를 테면 여성 간부나 CEO가 부하 직원들을 거느릴 때 "남자는 강하게 다루지 않으면 안 된다."거나 "나보다 나이 많은 남자를 부

46

하로 두는 것은 불편하다."는 편견을 갖는다면 그녀는 조직을 이끌어가는 데 어려움에 부딪힐 수도 있다. 지나치게 강하게 다루면 남자 직원들은 오히려 반발심이 생기거나 불쾌해 할 수 있으며, 자신보다 나이가 어린 남자 직원들 위주로 조직을 구성하다 보면 경력 많은 간부진을 찾지 못해 조직력이 약해지는 문제를 낳게 되기 때문이다.

편견(偏見)이란 어떤 사물이나 현상에 대해 실질적인 근거 없이 갖고 있는 생각이나 주장을 말한다.

사람들은 저마다 편견을 갖고 있다. 그 편견에 대해 사람들이 '그것은 편견이다'고 지적할지라도 자신은 결코 편견이 아니라는 입장을 고집하는 경우가 많다. 이는 편견이 그만큼 무섭다는 것을 의미한다. 한번 갖게 된 편견은 쉽게 바뀌지 않기 때문이다.

편견을 많이 갖고 있는 사람일수록 사물이나 사람에 대해 부정적인 시각을 더 많이 갖게 된다. 이를 테면 '술은 건강을 해치고 정신을 혼란스럽게 해서 마시지 말아야 한다.'거나 '남자들은 술 아니면 대화가 안 된다.'는 편견을 갖는다면 사회적으로 그의 인간 관계는 술 마시지 않는 사람들과만 이루어지는 한계점이 드러나게 되며, 술을 마시지 않고서는 남자들과의 진지한 대화를 나눌 수 없다는 생각 때문에 남자들과의 비즈니스나 깊은 대화는 좀처럼 쉽지 않을 것이다.

또 편견은 주변의 가까운 사람으로부터 마치 전염병처럼 옮겨지는 특성도 지니고 있다. 이를 테면 성장기에 막연히 부모님으로부터 '종교를 갖는 것은 맹목적인 짓이다'는 편견을 자주 듣게 된 사람은 어른이 되어서도 종교인들에게 가까이 접근하지 못하게 될 것이다. 또 '배우자를 선택할 때는 경제력이 크게 차이가 나는 상대를 만나면 상대적 빈곤감으로 인해 결혼생활에 어려움이 많다'

47

편견은 매사에 부정적인 시각을 키우게 하여 대인관계의 한계점을 만들어낸다.
하지만 편견이 정말 무서운 이유는 또 있다. 편견은 주로 어린시절에 형성된다는 것이다.

는 얘기를 부모님이나 주변 사람들로부터 귀가 따갑도록 들어서 자신도 모르게 같은 편견을 갖는 이들도 있다.

이처럼 편견은 매사에 부정적인 시각을 키우게 하여 대인관계의 한계점을 만들어낸다. 하지만 편견이 정말 무서운 이유는 또 있다. 편견은 주로 어린시절에 형성된다는 것이다.

편견은 한 개인이 자기 스스로 이성적인 사고를 할 수 있는 이전 단계인 어린시절에 그가 속한 집단으로부터 주입된다는 것이다. 또 편견이 일단 굳어지면 그 이후로는 아무리 올바른 정보가 주어지더라도 편견을 강화하는 쪽으로만 기울어지는 특징이 있다.

그렇다면 우리는 누구나 자신이 지닌 편견을 그대로 끌어안고 살아가야 하는 것인가? 그건 아니 될 일이다. 편견으로부터 자유로워지려는 노력을 해야 한다.

전문가들은 편견으로부터 자유로워지기 위해서는 대화, 직간접적인 체험을 권유한다. 각계 각층의 다양한 사람들과의 폭넓은 대화는 자신이 지닌 편견을 스스로 발견하게 하고 그것을 버리게 하는 데 효과적이기 때문이다. 또한 실제 체험 또는 독서와 같은 직간접적인 경험을 통해 자신이 지닌 사고 중 어느 부분은 편견이었음을 알게 된다는 것이다.

우리는 우리 자신들이 어떤 편견을 지니고 있는지에 대해 일목요연하게 나열하지는 못한다. 생활 속에서 그때 그때 뛰쳐나오는 편견에 대해 주변사람들의 조언이 있다면 적극적으로 받아들일 필요가 있으며, 어떤 판단을 내리거나 입장을 정리할 때 신중하게 다시 한 번 생각해 보는 스스로에 대한 양보가 필요하다.

영국의 여류 작가 J. 오스틴은 세계적인 여류 문학가로 1775년 12월 16일 영국 햄프셔주(州) 스티븐턴에서 출생하였다. 21살에 쓴 「첫인상」이라는 작품을 런던의 출판사에 보냈으나 거절당했는데 이것이 대표작 1813년에 쓴 「오만과 편견」의 바탕이 되었다. 1809년 34살 때 고향에 가까운 초턴이란 조용한 마을에 안주하면서부터 계속적으로 소설을 발표하였다. 처녀 출판된 「센스 앤 센서빌리티」를 비롯하여 「오만과 편견」, 「맨스필드 공원」, 「에마」 등의 걸작을 남겼다. 42살의 젊은 나이로 죽은 오스틴은 평생을 독신으로 지냈으며, 작품들은 담담한 필치로 인생의 순간 순간을 포착하고 은근한 유머를 담았다. 특히 20세기에 들어서면서 높이 평가되었다.

지구가 좁다고
느껴야 한다

자기가 나의 부족한 면을 채워줘.
| 제리 맥과이어 |

한번 여행의 매력에 빠진 사람들은 여행에서 돌아오는 순간 다음에는 어디로 떠날 것인가를 생각하게 된다. 하지만 여행을 즐겨하지 않는 사람들은 이렇게 말한다.

"말도 잘 안 통할 텐데 어떻게 지내다 왔어."

"사람 사는 게 다 그렇겠지 뭐. 별거 있겠어."

"돈 쓰고 고생하는 걸 뭐하러 해."

현실에 만족하고 자신의 눈에 보인 것이 세상의 전부라고 말하는 사람들이 적지 않다. 고사성어에 정저지와(井底之蛙)라는 말이 있다. 우물 안의 개구리는 우물 안의 것만 볼 수 있을 뿐 우물 밖 세상을 보지 못한다. 보다 넓은 그리고 또 다른 세상이 있다는 것을 알지 못하는 것이다. 우물 밖의 개구리는 먹을 것도 다양하고 볼 것도 많지만 우물 안의 개구리는 그것을 알 리가 없다. 때문에 꿈도 우물이라는 한계 내에서만 꾸게 되고 그 안에서 실현할 수 있게 된다.

기업을 운영하는 사장들 중 십중팔구는 '세계적인 브랜드'를 만

51

만일 당신이 성공을 원한다면 먼저 세상을 넓게 바라보는 마음과 눈을 가져야 한다.
지구도 작다고 느낄 때 당신의 희망과 꿈은 크게 그려질 것이며,
그것을 위해 열정을 쏟게 될 것이고, 그리고 성공으로 다가가게 될 것이다.

드는 '세계적인 메이커'가 되길 꿈꾼다. 대한민국의 최고보다는 세계 최고를 희망한다. 이는 단지 욕심이나 허황된 꿈이 아니라 얼마든지 실현 가능한 목표를 추구하는 일이다.

대체적으로 소극적인 사람들은 정저지와에 가까운 생각을 한다. 성공할 수 있는 잠재력이나 가능성이 있음에도 불구하고 아예 처음부터 "나는 여기가 한계다." 라거나 "이 정도면 충분해."라고 못 박는다.

만일 당신이 성공을 원한다면 먼저 세상을 넓게 바라보는 마음과 눈을 가져야 한다. 지구도 작다고 느낄 때 당신의 희망과 꿈은 크게 그려질 것이며, 그것을 위해 열정을 쏟게 될 것이고, 그리고 성공으로 다가가게 될 것이다.

처음 해외여행을 하게 되면 '세상은 정말 넓다'는 생각을 하게 된다. 그러나 지구촌 곳곳을 찾아다니다 보면 '지구가 더 넓었으면 좋겠다'는 생각을 갖게 될 것이다. 특히 제품을 만들어 전 세계 소비자들을 대상으로 판매하는 기업의 회장이라면 지구가 좀더 넓었으면 좋겠다는 생각을 하게 된다.

미국은 우주여행을 위한 프로젝트를 세우고 진행 중이다. 지구촌 여행만으로는 만족 못하는 사람들이 그만큼 많다는 것이다. 하물며 성공을 꿈꾸는 사람이 "나는 내 요리 실력으로 우리 시에서 가장 유명한 음식점을 만드는 것이 꿈이야."라고 말한다면 그것은 참으로 안타까운 일이 아닐 수 없다.

스페인 마드리드의 유명한 새끼돼지요리 전문점이자 기네스북에 오른 가장 오래된 음식점인 '보띤'을 생각해 보자. 60평도 안 되는 식당이지만 그곳은 세계적인 관광명소로서 수많은 사람들이 보띤의 음식을 맛보려고 예약을 하고 그곳을 찾아간다.

요리사라면 세계인들의 입맛을 훔치고, 제품을 만드는 기업인이라면 세계인들의 애용품을 만들어 내겠다는 생각을 가져야 한다. 해외 각국에 수출을 통해 세계적인 명품을 만든 기업들처럼, 세계 각곳을 무대로 활약하는 연주가나 스포츠스타들처럼 되고자 한다면 생각부터가 달라져야 한다.

높이 나는 새가 세상을 넓게 본다. 매일같이 세계 지도나 지구본을 보면서 세계가 곧 나의 무대라는 각오를 다져라. 그리고 세계 최고가 되기 위한 노력과 열정의 시간을 쏟아라.

정저지와 (井底之蛙) : 우물 안 개구리라는 뜻으로, 견문이 좁고 세상 형편에 어두운 사람을 비유적으로 이르는 말. 생각하고 보고 행동하는 영역이 좁은 만큼 세상을 보다 넓게 보지 못한다는 말이다.

파리 날아다니는 식당에서도
가탈대지 말아라

내가 할 수 있는 일은 최선을 다하겠습니다.
| 록키 |

작은 일에도 관심을 갖고 꼼꼼이 처리하는 여성들의 섬세함은 그렇지 못한 남성들에 비해 장점이 된다. 서류 하나를 만들더라도 흠잡을 데 없이 말끔한 그녀들의 섬세함과 신중함은 단지 패션이나 디자인에서만이 아니라 연구실에서도 그 빛을 발한다. 일례로 세계 1위의 화장품 회사 로레알에는 3천 명 이상의 연구원이 있는데, 그 중 55% 이상이 여성이라고 한다.

하지만 가끔씩은 섬세함으로 포장된 가탈스러움이 여성을 가벼운 존재로 만드는 경우가 종종 있다. 가장 흔한 경우가 작은 일로도 놀라움을 과장되게 표현되는 경우다. 이를 테면 데이트를 할 때 주변에 작은 벌레가 지나가는 것을 보고도 마치 치한이 흉기를 들고 있는 것처럼 두려워하거나 큰일이 벌어진 것처럼 소리를 칠 때다. 대부분의 남자들은 이런 상황으로 문제 삼지 않는다. 그저 애교로 지켜볼 뿐이다.

하지만 장소와 상황에 따라서는 여성들의 놀라움이 문제가 되는

55

직업 세계에서 성공한 여성들을 보면 그녀들은 남자들보다도 도전 의식이 더 강하며
두려움이나 열악한 환경 하에서도 꿋꿋하게 버티며 책임을 완수하는 것을 볼 수 있다.

경우도 있다. 비즈니스 파트너가 맛좋은 아주 오래된 단골집에서 식사를 제의하여 함께 갔다.

이때 파리 몇 마리가 이곳저곳을 날아다니는 모습을 본 순간 "어머 이 집은 너무 불청결하네요."라고 말하거나 날아다니는 파리에 신경 쓰느라 음식은 한두 수저 뜨는 둥 마는 둥 하다 식사를 마쳤다면 무엇보다도 상대가 무안해 할 것이다. 그리고 파리가 돌아다니는 것을 보고 청결하지 못하다는 느낌을 가질 수는 있지만 그렇다고 음식을 먹지 않는 것은 지나치게 예민한 사람이라는 생각을 하게 될 것이다. 물론 파리라는 존재는 이물질을 옮겨 놓을 수 있는 그다지 환영할 수 없는 존재인 것은 사실이다.

문제는 파리가 아닐지라도 작은 불편함이나 단지 고급스럽지 못하고 낡은 듯한 느낌이 드는 공간에서마저도 지나치게 예민한 여성들은 불편한 심기를 그대로 드러낸다는 것이다. 이는 적당히 지저분한 것을 참아야 한다는 것을 강조하는 것은 결코 아니다. 여성이기에 사소한 것에 지나치게 놀라거나 거부 반응을 드러내는 것은 그다지 좋은 태도는 아니라는 것이다.

직업 세계에서 성공한 여성들을 보면 그녀들은 남자들보다도 도전 의식이 더 강하며 두려움이나 열악한 환경 하에서도 꿋꿋하게 버티며 책임을 완수하는 것을 볼 수 있다. 전쟁터나 기상이변 또는 지진 등으로 대형 참사가 일어난 현장에 뛰어들어 때로는 죽음도 무릅쓰고 현장의 소식을 알리는 여기자들을 기억해 보라. 만일 식당에 날아다니는 파리 한두 마리 때문에 인상을 찌푸리는 여성들이었다면 그녀들에게 그같은 강인한 의지가 생겨날 수 있을까를.

'성격 좋은 여자'로 불리는 사람들. 그녀들은 사소한 일에 에너지를 소비하지 않는다. 조금 불편하거나 조금 불쾌한 상황

정도는 여유롭게 극복한다. 말 한 마디에 꼬투리를 잡고 늘어지는 법이 없으며, 쉽게 싸우지 않으며 자신이 선호하는 분위기나 사람이 아니라고 해서 대놓고 불편한 심기를 드러내지 않는다. 그녀들이라고 해서 감정이 없고 욕심이 없는 게 아니다. 단지 어떤 상황이나 사람에 대해 좀더 넓은 가슴으로 받아들이고 적당히 인내심을 발휘하는 것이다.

그것은 큰 일을 할 사람이기에 또 세상을 넓게 보기 때문에 작은 일에 연연하지 않겠다는 입장이 아닐까. 적어도 그런 그녀들에게는 "여자니까 그렇지", "여자의 한계야"라고 말하는 이가 없다.

●성공한 여성들의 몇 가지 특징

성공한 여성들을 살펴보면, 몇가지 공통점을 발견하게 된다. 나에게 이런 모습이 있는지, 있다면 나의 성공을 향해서 차근차근 나아가고 있다는 뜻이다. 나에게 이런 모습이 없다면 지금부터 이런 자세를 취해 성공한 여성의 대열에 들어서는 것을 어떨까.

하나, 성공한 여성들은 어려운 상황에서도 항상 밝은 표정을 유지한다. 그러다 보니 주위에 많은 사람들이 모이게 된다.

둘, 상대방이 호감을 가질 수 있도록 목소리에 생기가 있고, 친근감이 넘친다.

셋, 자기가 맡은 일에 대해서는 '프로' 라는 말을 들을 정도로 확실하게 한다. 자기 일에 대해서만큼은 누구도 넘보지 못할 정도로 프로페셔널한 자세를 취한다.

넷, 성공한 여성들은 주위에 많은 사람들이 있다. 즉, 사람들과의 관계 형성에 있어 적을 만들지 않는다.

다섯, 성공은 실패 없이 이루어지지 않는다. 그러다 보니 성공한 여성들을 보면 도움을 준 사람이든, 사업상의 경쟁 관계에서든 항상 감사한 마음을 갖고 있다.

여섯, 성공한 여성들을 관찰하면 상대방의 어려움이나 고민에 대해 귀를 기울이고, 그들의 마음을 위로하고 이해한다.

일곱, 성공한 여성들의 특징을 보면 포용할 줄 알고 때로는 단호하게 절제할 줄 안다. 때로는 한없이 따뜻한 엄마의 마음으로, 때로는 확실하게 거절해야 할 때는 단호함으로 대처할 줄 안다.

목소리를
조절해라

인간의 상호 커뮤니케이션을 설명하는 이론 중 '메라비언의 법칙'이 있다. 캘리포니아대학교의 앨버트 메라비언(Albert Mehrabian)이 1970년 저서 『Silent Messages』에 발표한 이 커뮤니케이션 이론은 한 사람이 상대방으로부터 받는 이미지는 청각이 38%로 가장 높으며, 다음은 시각인 표정(35%)과 태도(20%), 그리고 언어가 7%에 이른다는 법칙이다. 이 이론은 무슨 말을 하든지 목소리가 좋으면 메시지 전달에 3분의 1 이상 성공한 것이라고 말한다.

평소 사람들은 상대의 목소리가 생기 있고 밝은 목소리일 때 그 목소리의 마력으로 끌려들어간다. 반대로 상대의 목소리가 지나치게 크거나 또는 너무 작거나 발음이 정확하지 않을 경우 듣는 사람은 상대와의 대화가 빨리 끝나기를 원한다. 짜증이 나거나 갑갑하기 때문이다. 유명 강사 치고 목소리에 힘이 없거나 작은 사람은 단 한 사람도 없다. 그들의 목소리는 밝고 크며 그리고 개성이 있다. 그 개성 있는 목소리와 말투에 사람들은 시선을 고정시키고 귀를 기울이며 빨려 들어간다. 이처럼 목소리의 힘은 강하다. 특히 짧은 시간에 좋은 이미지를 주어야 하는 직종에서 일하는 사람들이거나 비즈니스를 위해 다양한 사람들을 만나서 대화를 하는 사람들은 목소리가 곧 성공을 위한 무기 역할을 한다.

여성의 경우 사랑하는 사람에게는 한결 부드럽고 애교스러운 목소리가 좋고 서비스를 하는 입장에서 직원 입장에서는 상냥하면서도 친절이 묻어나는 조금은 빠른 목소리가 고객을 붙잡는데 효과적일 것이다. 일례로 홈쇼핑의 쇼호스트들은 매우 주파수가 높은 목소리로 톤을 다양하게 변화시키면서 말을 빨리 한다. 시청자를 자극해 '꼭 사야 할 것 같은' 구매욕을 끌어내기 위한 전략이다. 하지만 비즈니스를 하거나 기업을 운영하는 여성이라면 그녀의 목소리는 분명 또 다른 목소리이어야 한다. 상대로 하여금 신뢰감이 느껴지는 차분하면서도 확신에 차 있어야 한다.

1987년 한국 여성 최초로 월스트리트에 진출해 13년 동안 국제 금융의 중앙 무대에서 활동했으며 한국 주식 시장의 전문가로서 타의 추종을 불허한다는 이정숙씨. 그녀는 세계에서 가장 치열한 생존 피라미드 조직으로 불리는 월스트리트에서 정상의 자리까지 올라간 최초의 한국 여성이다. 그녀는 한 매체와의 인터뷰에서 이렇게 말했다.

"설령 100% 확신이 없다 해도 자신감과 권위가 담긴 목소리로 이야기하면 상대방은 나를 믿어 준다는 사실을 깨달았습니다. 그 다음부터는 아무리 까다롭고 유명한 펀드 매니저를 만나도 자신 있게 내 아이디어를 소개하거나 방향을 제시할 수 있게 되었죠."

목소리의 힘이 얼마나 크고 현실적인 것인지를 그대로 보여 주는 사례다.

목소리의 힘은 강하다.
특히 짧은 시간에 좋은 이미지를 주어야 하는 직종에서 일하는 사람들이거나
비즈니스를 위해 다양한 사람들을 만나서 대화를 하는 사람들은
목소리가 곧 성공을 위한 무기 역할을 한다.

목소리! 그것은 때와 장소, 그리고 목적에 따라 변신을 꾀해야 한다. 여성이라고 해서 무조건 밝고 고운 목소리만 낸다거나 솔 이상의 높은 목소리를 낸다면 그것은 자신의 능력을 발휘하고 성공으로 향하는 데 걸림돌이 될 것이다.

어느 분야에서든지 프로가 되고 최고가 되고자 한다면 이제부터는 목소리의 힘을 발휘해야 한다. 거래처 담당자와 비즈니스 협상시에는 크지 않으면서 확신에 찬 목소리, 즉 중성적인 목소리이어야 하며, 직원들에게 새로운 프로젝트를 설명하고 일을 맡길 때는 자신감과 비전이 보이는 듯한 희망찬 목소리, 즉 솔 이상의 힘 있고 밝은 목소리를 내야 한다. 반대로 어려운 입장에 처해 있거나 슬픈 상황에 부딪힌 부하 직원 또는 상대에게는 여성의 부드러움과 모성애적 인정이 넘쳐나는 차분하면서도 감성이 전달되는 목소리로 상대를 감싸 안아야 한다.

긍정의 바다에
빠져라

"나는 역경을 통해 강점을 찾는다. 선한 싸움 하면서 점점 더 강해
진다."

'긍정의 힘'의 작가 조엘 오스틴 목사가 '긍정'이 갖는 힘을 단적
으로 표현한 말이다. 그는 책을 통해 최고의 삶을 사는 단계를 7가
지로 나누어, 긍정의 힘이 우리 삶에 속속들이 적용될 수 있도록 많
은 사례를 통해 이야기했고, 책은 장기간 베스트셀러가 되었다.

이런 조엘 오스틴이 아니더라도 우리는 성공한 사람들, 마음이 풍
요로운 사람들, 선한 사람들에게서 발견하는 공통점 한 가지가 있
다. 그것이 바로 긍정이다.

긍정이란 단지 모든 것을 좋은 쪽으로만 생각하는 낙천적인 의미
의 언어만은 아니다. 진정한 긍정은 위험한 것을 위험으로 받아들이
고, 어려운 현실을 있는 그대로 인식하면서도 자신의 의지로 긍정적
인 생각을 키워나가는 것이고 긍정적인 말과 행동으로 표현하는 것
이다. 이런 과정에서 긍정의 힘이 생겨난다. 긍정적으로 생각하다

보면 자신이 원하는 것이 무엇인지를 깨닫게 되고 설령 어려운 일이 생기더라도 이를 극복하겠다는 투지가 생겨나 좋은 결과가 나올 가능성도 높아지는 것이다.

반대로 부정적인 생각을 갖게 되면 부정적인 심리는 어떤 일에 대한 의지를 나약하게 만들어 결국에는 실패를 안겨 준다.

실례로 중요한 비즈니스가 있는 날 아침 가벼운 접촉 사고가 났을 경우 긍정적인 사고를 지닌 사람은 자칫하면 큰 사고가 될 뻔했는데 그나마 다행이라고 생각하면서 비즈니스를 위한 약속 장소에 도착하는 데는 이상이 없으니 결과도 좋을 것이라고 생각한다. 때문에 접촉 사고로 상대와 싸우는 일 없이 사후 보상문제만 약속한 후 가벼운 마음으로 약속 장소에 달려가게 되며, 비즈니스 대화할 때 편안한 마음으로 임하게 된다. 이럴 경우 결과 또한 좋아질 수밖에 없다. 하지만 부정적인 사고를 지닌 사람이라면 아침부터 재수 없는 일이 발생했으므로 다음 일 또한 잘 될 리가 없다는 불안한 생각을 갖게 된다. 이런 불안한 생각은 그의 표정 또한 어둡게 만들 것이며, 비즈니스 대화할 때에도 잔뜩 긴장된 표정과 불안한 마음이 이어져 상대를 편하게 하거나 즐겁게 해주지 못한다. 결과는 뻔한 일이다.

긍정은 일종의 자기 최면이다. 먼저 자신의 마음을 긍정의 바다에 던지는 일이다. 일단 긍정의 바다에 빠지면 부정이 끼어들 자리가 없다. 긍정적인 사고를 하는 한 대뇌는 그 사고를 행동으로 이어지도록 명령하기 때문이다.

우리가 살아가면서 매사에 긍정적인 사고를 갖고 그에 맞게 말하고 행동하는 것은 결코 쉬운 일이 아니다. 인간의 심리란 매우 복잡하기 때문에 여러 가지 요인에 의해 흔들린다. 특히 불안한 상황, 어려운 환경에 처하면 의지가 약해지고 자신감이 줄어들게 된다. 이

긍정은 일종의 자기 최면이다.
먼저 자신의 마음을 긍정의 바다에 던지는 일이다.
일단 긍정의 바다에 빠지면 부정이 끼어들 자리가 없다.
긍정적인 사고를 하는 한 대뇌는 그 사고를 행동으로 이어지도록 명령하기 때문이다.

때문에 불안함은 가중되고 어려운 상황을 극복하는데 필요한 엔돌핀이 생겨나지 않는다.

이러한 심리적 요인을 극복하는 것이 바로 자기 최면이다.

자동차 세일즈맨이 적어도 일주일에 차 한 대는 팔아야 하는데 2주 연속하여 차를 팔지 못했을 경우, 긍정의 힘은 어떤 효과를 나타낼까. 그가 스스로 '2주 동안 못 팔았으니 이번 주에는 서너 대를 팔 수 있을 거다' 라는 긍정의 최면을 걸게 되면 그는 목표 달성을 위해 평소보다 더 많은 사람을 만날 것이고 그 과정에서 판매 성공률은 높아질 수밖에 없다. 그의 표정은 밝고 자신감에 차 있다. 고객들은 그의 표정과 이미지에 높은 점수를 주고 제품 설명에 신뢰감을 갖기 마련이다.

긍정의 최면은 이처럼 꼬리를 물고 이어져 한 대의 차를 팔게 되면 두 번째는 한결 더 쉽게 차를 팔게 이끌어 준다. 또한 긍정의 힘은 잠재력까지 찾아준다. 숨어 있던 잠재적 능력이 발산되면 누구든지 자신이 본래 보여줬던 능력보다 훨씬 더 강한 능력을 발휘하게 된다.

긍정은 늪이 아닌 바다다. 긍정의 바다에 빠지면 더 넓은 세계로 나아갈 수 있는 길이 열린다.

사랑에
목숨 걸지 말아라

그는 당신이 바보라고 생각하진 않아요.
단지 귀머거리구나 하고 생각하겠죠.
정말 바보는 귀머거리를 바보라고 생각하는 정상인들이에요.
| 작은 신의 아이들 중 리즈의 대사 |

1933년 쇼걸 로라는 사랑하는 남자 에밀리오를 따라 '세상의 끝' 파타고니아로 갔지만 그녀가 그토록 사랑했던 남자는 그녀를 사창가에 팔아버린다. 에밀리오는 뒤늦게서야 로라가 자신을 너무도 많이 사랑했다는 것을 깨닫고 파타고니아로 돌아가 로라를 경비행기에 태운다. 하지만 로라는 바다로 뛰어내려 목숨을 끊어버린다.

1933년 로라와 2003년 베라의 삶을 고래의 출현을 매개로 교차시키면서 삶의 끝, 세상의 끝, 사랑의 끝을 말하는 영화 '창녀와 고래'의 얘기 중 일부다.

조선시대든 2008년이든 시대에 상관없이 사랑 때문에 목숨 거는 사람들이 많다. 특별히 남자 여자 중 어느 쪽이 많다고 말할 수는 없다. 중요한 것은 인생이라는 울타리 안에 사랑이라는 테마가 있다는 것이다. 하지만 사랑에 목숨 거는 사람들은 그렇지 않다. 사랑 속에 인생이 있다고 생각하는 것이다. 이는 엄청난 착각이고 불행을 자처하는 일이 된다.

사랑에 목숨 거는 사람들의 대다수는 10대, 20대의 젊은 연령층이다. 특히 이성교제 경험이 없었던 사람들일수록 사랑에 목숨을 거는 이들이 많은 편이다. 물론 30대 40대에도 사랑에 눈이 멀어 직장이나 자식을 내던지고 사랑하는 사람을 찾아가는 이들도 있다. 이들 모두를 쇼걸 로라와 같은 비극적인 종말이 될 것이라고 말할 수는 없다. 사랑하는 사람과 행복하게 살아가는 사람들도 적지 않을 것이다. 단 사랑에 목숨 거는 것에 비판적인 시각을 드러내는 데는 그만한 이유가 있다. 사랑하는 상대에게 모든 것을 다 던지면 정작 자신이 하고 싶은 일과 성공, 그리고 사랑하기 이전에 동경해 왔던 삶과는 거리가 멀어진다는 것이다.

열아홉 살 또는 스무 살의 이른 나이에 결혼한 사람들의 경우 대다수는 사랑 하나에 목숨을 걸고 상대와 결혼을 한 케이스다. 이들의 경우 일찍이 결혼하여 돈을 벌고 자녀를 낳아 50살이 되기 전에 아이들 대학교육은 물론이고 결혼까지 시켜 다른 이들에 비해 생활의 안정이나 여유를 비교적 빨리 찾게 된다.

하지만 자식에 대한 부담감이 적고 여유 있는 생활을 한다고 해서 그 사람의 인생이 성공한 케이스라고 말할 수는 없다. 10대에 가졌던 꿈과 희망은 어디론가 이미 사라져버렸고, 젊은 날의 낭만적인 추억이나 다양한 체험들은 그들의 일기장에서 찾아볼 수가 없는 것이다.

또한 더 크게 더 위대한 한 인간으로 성공할 수 있는 잠재력과 길이 있었음에도 그것을 사랑과 바꿨기 때문에 그들 스스로도 자신들의 현실은 성공과는 거리가 멀다고 말하게 된다. 특히 여성들은 이른 나이에 맹목적인 사랑에 목숨 걸고 뛰어들고 난 후 세월이 흘러 중장년이 되면 "그때 왜 그랬을까?" 하는 아쉬움 내지는 후회감을

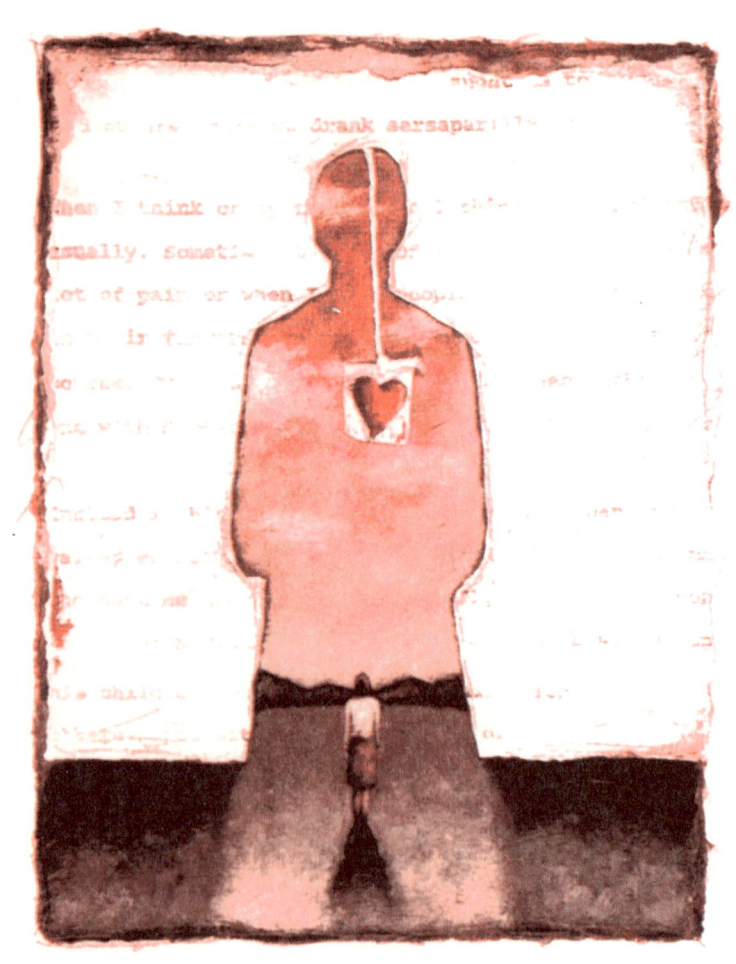

당신이 성공을 꿈꾸는데 누군가를 사랑하고 싶다면,
그리고 누군가를 사랑하게 되었다면,
열정과 순순한 마음은 던지되 인생 자체는 던지지 말아라.
진정한 사랑은 무모하게 자기 인생을 포기하는 것이 아니라
사랑이라는 에너지를 성공 인생을 만드는 힘으로 끌어들이는 것이다.

갖는 사람들이 적지 않다.

사랑은 매우 소중하고 위대한 것이며 꼭 필요한 것이다. 하지만 억지가 아닌 자연스러운 인연에 의해 이루어지는 운명 같은 사랑은 우리가 살아가는 동안 자주 오지 않는다. 또 그런 사랑이 찾아 왔다고 해서 반드시 그 사랑이 이루어져 오랫동안 유지된다는 담보란 없다. 설령 사랑이 헤어짐이나 아픔으로 막을 내린다하더라도 아름답고 소중하게 그 사랑을 간직하며 살아가는 이들이 적지 않다. 사랑에 목숨을 걸지 말아야 하는 이유가 바로 이런 연유에서 비롯된다.

사랑보다 더 중요한 것은 한 사람의 인생이다. '사의찬미'로 잘 알려진 우리나라 최초의 소프라노 성악가 윤심덕이 유부남 김우진과의 사랑에 빠지지 않았다면 그녀가 이 스물아홉 살의 젊은 나이로 현해탄에 몸을 던지진 않았을 것이다. 사랑에 목숨 거는 뜨거운 열정은 아름답지만 사랑 때문에 죽음까지 택한 사람의 인생은 비극 그 자체일 뿐이다. 윤심덕이 김우진과 이루어질 수 없는 사랑임을 깨닫고 헤어져 지속적으로 성악 활동을 했다면 그녀의 인생은 어떻게 달라졌을지 모른다. 물론 영화에서는 일본인의 파티를 거절한 뒤 대중가수로 전락하는 모습을 보여 주지만 죽음만이 전부는 아니었다는 것이다.

당신이 성공을 꿈꾸는데 누군가를 사랑하고 싶다면, 그리고 누군가를 사랑하게 되었다면, 열정과 순순한 마음은 던지되 인생 자체는 던지지 말아라. 진정한 사랑은 무모하게 자기 인생을 포기하는 것이 아니라 사랑이라는 에너지를 성공 인생을 만드는 힘으로 끌어들이는 것이다.

사의 찬미(死-讚美)는 한국 최초의 여성 성악가 윤심덕과 애인 김우진의 정사(情死) 사건을 그린 영화로, 1991년 극동스크린이 제작했다. 김호선이 감독하고 장미희와 임성민이 주연을 맡았다. 윤심덕은 우리나라 최초의 대중가요로 불리는 '사의찬미'(황막한 광야에 달리는 인생아~)를 불렀다고 한다.

리더십을 위해서는
강한 근성을 보여줘라

기업에서 중간간부를 채용할 때 인사권을 손에 쥔 윗사람들은 이런 말을 하게 된다.

"홍보팀 김 대리는 정말 일은 열심히 하고 성실하던데 독기는 없어."

"김 과장은 너무 순해. 거기다 애 엄마잖아."

"경리과 오 주임은 일은 정말 잘하는데 강하진 못해. 지난번 어음 건 때문에 울고 불고 난리가 났잖아."

간부 임명할 때 임명권자들은 남자에 비해 여성을 부서장으로서 또는 핵심 간부로 적합하지 않다는 편견을 가진 이들이 적지 않다. 지금의 50~60살의 경우 남성 중심적인 사고에 길들여진 세대이기 때문이다. 하지만 때로는 여성들 자신이 스스로의 기회를 놓쳐버리는 일도 있다.

홍보팀 김 대리가 부하 직원을 제대로 휘어잡았다면, 김 과장이 자녀 문제로 간부회의 때 자리를 많이 비우지 않았다면, 경리과 오

73

누군가 '독한?'이라고 말해도 개의치 마라.
자신이 필요해서 한 일이고 당연히 해야 했을 일이라면
주변 사람들의 시선 따위는 의식하지 않아도 된다.
당신의 인생은 당신 것이니까.

주임이 당황스러운 상황에서 울지 않았다면 이사나 상무 대표자 등의 생각은 달라졌을지도 모른다.

물론 모든 여성들이 이런 유형인 것은 아니다. 다만 사내에서 평소에 보다 강한 추진력과 리더십 또는 열정을 보인다면 간부 임명할 때 임원진들이 '여자라서 안 돼'라는 편견은 사라질 것이다. 경영자 입장에서는 '이왕이면 다홍치마'라는 말처럼 같은 부서장이라 할지라도 회사에 더 많은 시간과 열정을 투자하는 직원을 선호하기 마련이다. 또 부하직원들을 이끄는 리더십이 강한 사람에게 높은 점수를 줄 수밖에 없다.

잠재력이 충분한데도 불구하고 그것을 스스로 개발하지 않는 이들이 부지기수다. 우리나라 사람들은 특히 여성이 나서는 것을 싫어한다. 초등학교 때는 반장을 하고 학생회장을 하던 여자아이들이 많았지만 대학에 가면 그 수는 급격히 줄어든다. 중학교, 고등학교 과정을 거치면서 그녀들의 능력이 떨어진 것은 결코 아니다. 문제는 사춘기를 거치면서 '여자는……'이라는 수많은 말에 의해 편견에 의해 적극성과 도전 의식도 줄어들은 탓이 아닐까 싶다.

좀 더 돋보이고 싶어서 과시하고 싶어서 앞에 나서는 것과 의지와 야망을 갖고 도전하는 것은 분명 다르다. 기회는 주어지기도 하지만 스스로 만들어갈 수도 있는 것이다. 기업에 입사할 때 "나는 이 회사의 전문 경영인이 되겠다."는 야망을 가졌다면 홍보팀이나 일반 관리직을 택하지 않고 경영 기획팀을 택하면 될 일이다. 해외지사 근무 희망자 신청할 때 과감하게 신청을 하면 되고 승진시험에 응시하여 남자들과 똑같이 경쟁하면 된다. A라는 남자 팀장이 하루 이천만 원의 매출을 올릴 때 자신은 팀원들을 잘 이끌어 삼천만 원의 매출을 올리면 그것이 능력이고 리더십이다. 만일 자신에게는 기회조차 주어지지 않는다면 회장실 문을 열고 들어가 당당하게 "저에게도 기회를 주십시오."라고 말할 수 있는 용기는 있어야 한다.

서울시장에 출마했던 강금실 전 법무부장관은 선거를 앞두고 72시간 동안 잠 안 자고 밤낮없이 뛰어다녔다. 그때 강 후보와 동행하며 선거 유세에 나섰던 몇몇 의원은 차 안에서 깜빡 조느라 출근길 유세에 동참하지 못하기도 했다고 한다. 하지만 강 후보자는 단 한 잠도 자지 않고 마라톤 유세를 마쳤다. 강 후보가 시장에 당선되지는 못했지만 그녀의 마라톤 유세만큼은 많은 이들에게 기억되고 있다. 그리고 그녀를 지지했던 수많은 사람들은 그녀의 강한 근성에 또 한 번 갈채를 보냈다.

누군가 '독한?'이라고 말해도 개의치 마라. 자신이 필요해서 한 일이고 당연히 해야 했을 일이라면 주변 사람들의 시선 따위는 의식하지 않아도 된다. 당신의 인생은 당신 것이니까.

목표는
크게 정해라

인생은 초콜릿 상자에 있는 초콜릿과 같다.
어떤 초콜릿을 선택하느냐에 따라 맛이 틀려지듯이
우리의 인생도 어떻게 선택하느냐에 따라 인생의 결과도 달라질 수 있다.
| 포레스트 검프 |

대기업 정식 직원은 아니지만 부녀사원으로 가전제품을 판매하는 여성들이 있다. 이들 중 전국 최고의 매출을 올리는 여성들의 경우 월 2~3억 원, 연간 30억 원의 매출은 거뜬히 올린다. 50~60평 가전 대리점 매출 규모를 뛰어넘는 수준이다. 그녀들을 두고 움직이는 대리점이라고 부를 정도다. 매출이 많으니 수입 또한 높은 편이다. 대기업 간부 부럽지 않은 수당과 인센티브를 가져가게 된다.

그녀들의 노하우는 무엇일까? 어떻게 이같은 매출을 올릴 수 있을까?

같은 아파트에 사는 주부들이나 여고 동창생들, 그리고 친척들을 대상으로 제품을 팔았다면 이같은 매출은 발생할 수가 없다. 한계가 있기 때문이다. 그녀들은 타깃부터가 다른 여성들과는 다르다.

그녀들의 타깃은 대형 건물이다. 일례로 포크레인이 투입되어 땅을 파면 그때부터 그녀들의 공략은 시작된다고 한다. 건물주를 만나 제품을 소개하고 가격 협상을 벌인다. 오피스텔이나 모텔 건물일 경

"나는 유명 앵커가 될 거야." 라는 당신의 말에
누군가 "어머 감히 네가 어떻게……." 라는 말을 하거나 고개를 저었다면
그때 당신은 비생산적인 말싸움을 할 필요는 없다.
차라리 당신의 목표를 더욱 강하게 다짐하는 기회로 삼아라.
그리고 속으로 말해라.
"I can do." 라고.

우 성공하면 한 곳에서만도 엄청난 매출이 발생한다.

'오르지 못할 나무는 쳐다보지도 마라' 는 속담은 더 이상 통하지 않는다. 오르지 못할 나무는 없거니와 쳐다보면 볼수록 올라갈 수 있는 용기와 힘이 생긴다. 때문에 오히려 "If you can dream it, you can do it" 는 말을 해 주어야 한다.

목표를 세우는 일은 매우 중요하다. 목표 없이 살아가는 사람과 목표를 정해놓고 사는 사람 사이에는 분명한 차이가 나타나기 때문이다. 이미 성공한 많은 사람들로부터 목표의 중요성은 두말할 나위 없는 말이 되었으니 누구나 목표를 정하고 자기 인생을 설계할 것이라고 가정하자.

이때 중요한 것은 목표의 높이다. 자기가 도달할 수 있는 한계를 미리 정하고 그것을 목표치로 잡을 수도 있다. 하지만 인간에게는 잠재력이 있다. 잠재력은 무한한 가능성을 말하며 그 가능성은 누구든지 목표를 향해 달리면 얼마든지 그 목표를 달성할 수 있다는 것을 의미한다.

따라서 목표는 가능한 높게 정하는 것이 현명한 일이다. 하지만 여성들 중에는 결혼, 육아, 가정 등의 이유를 내세워 목표를 아예 정하지 않거나 정하더라도 현실적으로, 그리고 작게 정하는 이들이 적지 않다.

한명숙 총리, 라이스 미 국무장관, 앙겔라 메르켈 독일 총리 등 세계 정치사에 뛰어든 이들도 결혼, 육아, 가정에 대한 고민을 내세워 목표를 낮게 정했다면 그녀들은 지금 평범한 가정주부의 자리에 남아 있을 것이다.

또 한 가지 우리나라 사람들은 남의 시선을 지나치게 의식한 나머지 자신이 하고 싶은 일을 못한다거나 꿈을 크게 갖지 못하는 경우도 있다. 만일 "나는 10년 후 우리나라의 문화부장관이 될 것입니다."라고 말했을 때 주변사람들 중에는 '어림도 없어'라거나 '장관은 아무나 되나'라고 생각하는 이들도 있을 것이다. 하지만 주변의 시선을 인식할 필요는 없다. 우리의 인생은 우리 자신의 몫이다.

"나는 유명 앵커가 될 거야." 라는 당신의 말에 누군가 "어머 감히 네가 어떻게……"라는 말을 하거나 고개를 저었다면 그때 당신은 비생산적인 말싸움을 할 필요는 없다. 차라리 당신의 목표를 더욱 강하게 다짐하는 기회로 삼아라. 그리고 속으로 말해라.

"I can do." 라고.

일을 저지를 줄도
알아야 한다

성공한 사람들을 보면 첫 사업이 잘되어 실패 한 번 없이 성공가
도만 달려온 사람은 거의 없다. 설령 사업가가 아니더라도 직장인이
나 전문 분야에서 일하는 프리랜서 역시 처음부터 탄탄대로 승승장
구한 사람은 찾아보기 힘들다. 성공이란 늘 실패나 고난을 거쳐
일궈지는 인내와 노력의 결과다. 때문에 성공한 사람들은 새로
운 도전을 즐기며 실패를 두려워하지 않는다.

직업이든 사업이든 여애든 도전이 있어야만 결과를 얻는다. 성공
할지 실패할지는 그 누구도 모르는 일이기에 두둑한 배짱이 필요하
다. 아직도 남자들에 비해 여성들은 배짱이 약하다. 매사에 신중을
기하는 면에서는 여성이 한 수 위지만 일을 저지르는 배짱에서는 남
자에 비해 한 수 아래다. 물론 모든 여성들이 그런 것은 아니지만 보
편적으로 볼 때 이는 부인할 수 없는 사실이다.

최근 들어서 사업 경험이 없는 주부들이 창업을 하여 성공하는 사
례가 늘고 있다. 최근 몇 년 사이에 매스컴의 화제 인물이 된 '한경

실패가 두려워서, 주변사람이 말린다고해서
자신의 뜻을 접는다는 것은 성공의 기회를 놓치는 일이나 다름없다.
중요한 것은 도전이다.
필요하다면 계획하고 있다면 일을 저질러라.
저지르지 않고 저절로 이루어지는 일이란 없다.

희 스팀청소기'의 한경희 사장은 그 대표적인 인물이다. 그녀는 가사 일을 하다 느낀 작은 불편함에서 창업 아이디어를 내 아예 사업가로 나섰다. 환경 오염 등으로 인해 매일 쓸고 닦아도 세균과 찌든 먼지가 걱정되던 그녀는 고열로 가열한 물걸레로 청소하면 청결하겠다 싶어 스팀 청소기를 개발하게 됐고, 이 청소기는 홈쇼핑 마케팅을 통해 대박을 안겨 주었다. 다른 주부들처럼 짜증이 나거나 힘이 들어도 한결같이 쓸고 닦기만 했다면 한 해 예상 매출 1500억 원이란 남의 얘기가 되어 있을 일이다.

1990년 아일랜드에서는 최초의 여성 대통령이 탄생했다. 그녀의 이름은 메리 로빈슨. 대선 3주 전 아일랜드 사람들 중 그 누구도 그녀가 대통령이 될 것이라고 생각한 사람은 거의 없었다고 한다. 당선율은 단 1%에 불과했기 때문이다. 하지만 그녀는 당당하게 도전했고 어떤 위기에서도 포기하지 않고, 남은 기간 동안 최선을 다해 선거운동을 했다. 특히 그녀는 경쟁자를 비방하는 일 없이 오히려 세워 주는 매너를 보였고, 이는 국민들의 마음을 움직이게 만들었다. 특히 취임 후 800개가 넘는 공약을 실행하면서 수시로 위기에 봉착했지만 그녀는 그때마다 도전의 기회로 바꾸었다.

"구슬이 서 말이라도 꿰어야 보배다."는 말이 있다. 자신이 갖고 있는 능력이나 잠재력을 스스로 들춰내서 그것을 도전의 무기로 삼을 때 성공이라는 단어와 가까워지게 된다.

사회의 편견이나 두려움을 깨뜨리고 도전에 임하는 여성들은 대체적으로 성격이 트여 있다는 공통점을 갖고 있다. 그녀들은 남의 눈치를 심하게 보지 않는다. 사소한 일에 연연하지 않으며 자신의 실수든 상대의 실수든 여유있게 받아들이고 인정한다. 마음속에 있는 생각이나 고민을 머리 싸매고 갈등하기보다는 밖으로 드러내고 주변 사람들과 함께 의논하면서 해결책을 찾는다. 또 그녀들은 자신의 목표가 정해지면 적극적으로 달려든다. 과감하게 도전하는 것이다.

주변에 보면 직장 생활을 하다가 나이 마흔이 다 되어서 여행사를 창업한 여성이 있다. 그녀는 서글서글한 자신의 성격을 사업의 무기로 활용한다. 첫 해의 경우 몇 천만 원의 손해를 보았지만 1년이 지나고 나서는 대기업 차장인 남편의 연봉보다 더 많은 수입을 벌어들이고 있다. 그녀는 자신의 사업 노하우는 도전에 강하며 사람들과의 관계 유지를 편안하게 이어가는 것이라고 말한다. 여행사는 서울에 있지만 고객은 전국에 흩어져 있는데 바로 그녀의 성격 좋고 적극적인 성향 때문이다. 어디서든지 고객의 전화가 걸려오면 직접 고객을 방문하여 상품을 설명하는 적극적인 자세는 고객들의 마음을 끌어잡는다. 여행사 창업 당시 주변사람들은 '막차 타는 게 아니냐'며 말렸지만 그녀는 특정 지역을 전문화한 상품을 판매한 결과 기존의 업체들과 크게 경쟁을 하지 않으면서 안정적으로 사업을 이끌 수 있었다고 한다.

실패가 두려워서, 주변사람이 말린다고해서 자신의 뜻을 접는다는 것은 성공의 기회를 놓치는 일이나 다름없다. 중요한 것은 도전이다. 구더기 무서워서 장을 못 담근다면 그 어떤 것도 할 수가 없다. 필요하다면 계획하고 있다면 일을 저질러라. 저지르지 않고 저절로 이루어지는 일이란 없다.

다양한 인간 관계를
경험해라

이런 감정 처음이야. 내가 정말 바라던 곳이야.
여기서 당장 죽어도 정말 행복해.
그리 오랜 시간을 함께했는데 낯설어질 때의 당황스러움이란...
꼭 말로 떠들어야만 마음이 전해지는 건 아니야.
| 이터널 선샤인 |

성공한 사람들에게는 그 주변에 사람들이 많다. 같은 분야의 사람은 물론이고 일과는 전혀 상관없는 사람들도 부지기수다. 반드시 정치인이 아니더라도 이같은 특징은 쉽게 나타난다. 정치인이나 기업체 사장이라면 으레 사람이 많다고 생각하고 그 외의 사람들이야 성공을 한다해도 주변에 사람이 많을 거라는 생각은 하지 않는다. 하지만 그렇지가 않다. 홀로서기로 성공한 유명한 의상디자이너나 외국에서 박사 학위를 취득한 교수도 그의 주변에는 다양한 사람들이 있다.

한 작가의 경우 몇 년 전 출판기념회를 열었는데 그의 다양한 인간 관계는 놀라울 정도였다. 그는 자신이 사는 동네의 목욕탕에서 일하는 때밀이, 사무실 근처 식당 주인, 자주 가는 술집 여주인까지 초대하여 다양한 사람들이 한자리에서 서로 인사를 나누며 어울리는 색다른 문화를 연출하였다.

주변에 사람이 많다고 하면 사람들은 흔히 "그 사람이야 워낙 성

많은 여성들이 일만 잘하면 성공할 수 있다고 믿고,
오직 일로만 승부를 보려고 한다는 것을 여성들의 단점 중 하나로 지적하면서
인적 네트워크가 없으면 한계에 부딪힌다

격이 외향적이니까 사람이 많지만 나는 내성적이라서, 워낙 성격이 고리타분해서……."라고 자신의 주변에 사람이 많지 않은 것을 성격 탓으로 돌리려고 한다. 또 여성들 중에는 "남자들처럼 인맥 만들려면 허구한날 모임에 나가고 술 마시고 해야 하는데 나는 그런 거 좋아하지도 않고 여자라는 한계도 있는 것 같고 그래."라고 스스로의 입장에 타당성을 부여하려고 한다.

과연 그럴까?

김상경 한국국제금융연수원장에게는 '한국 최초의 외환딜러', '인간 관계의 귀재', '인생을 배팅할 줄 아는 여자', '금융계의 대모' 등등 다양한 수식어들이 따라붙는다. 금융계에서 성공한 인물로 통하는 50대 후반의 김 원장은 여장부이기보다는 차분하면서도 푸근한 부드러운 여성적 이미지의 소유자다. 이런 그녀가 한 매체와의 인터뷰에서 성공의 가장 큰 이유로 인적 네트워크를 꼽았다. 그녀는 많은 여성들이 일만 잘하면 성공할 수 있다고 믿고, 오직 일로만 승부를 보려고 한다는 것을 여성들의 단점 중 하나로 지적하면서 인적 네트워크가 없으면 한계에 부딪힌다고 말했다.

그녀가 말하는 네트워크는 지연망을 만드는 네트워크가 아니라 세상을 보는 시각을 넓힐 수 있고, 도움을 주고받을 수 있는 좋은 사람들을 많이 확보하라는 얘기다. 김 원장의 이같은 조언은 다양한 인간 관계 구축에 적극적이지 못한 우리나라 여성들에게 반드시 필요한 메시지인 게 사실이다.

그래서일까. 그녀는 정부기관 산하 각종 위원회와 은행 사외이사에 참여하는 것은 물론 금융계와는 무관한 등산 모임 등 다양한 모임에서 활동하고 있다.

스위스의 정신과 의사이자 분석심리학의 창시자인 칼 융(Carl

Jung)에 의하면, 인간은 심리적인 선호 경향을 타고 난다고 한다. 심리적 선호 경향이란, 간단히 말해 어떤 사람이 외향적이냐 내향적이냐 그리고 감성이 풍부한 우뇌형이냐 논리력이 뛰어난 좌뇌형이냐 하는 심리적인 특성을 의미하는 말이다.

그러나 자신이 어떤 성향을 타고 났고 현재 어떤 성격의 소유자라는 것은 그다지 중요하지 않다. 필요한 것은 다양한 사람들과의 관계를 통해 세상을 보는 시각을 넓게 갖고 다양한 성격의 사람들과의 관계를 통해 유형별 관계 유지 노하우를 익히게 된다. 또 그들과의 관계 속에서 자신이 모르고 있던 지식이나 새로운 사실들을 배우게 된다.

아무리 아이큐가 높고 똑똑한 사람일지라도 수 백 명의 사람들과 인적 네트워크를 갖고 있는 상대와 사회적 성공을 위한 경쟁을 하게 된다면 그것은 완패로 끝나기 마련이다.

'사람이 재산이다'는 말이 있다. 수많은 사람들이 자신의 주변에 있다는 것은 그만큼 다양한 활동을 했고 많은 이들과 인간 관계를 잘 유지해 왔다는 것을 증명해 주는 일이다. 인맥을 통해 로비를 하거나 비리의 씨앗을 뿌리는 것이 아니라 다양한 사람들과의 만남을 통해 지식과 정보, 그리고 사고의 교류와 즐거움을 공유한다는 것은 그들을 통해 어떤 결과가 이루어지지 않더라도 참여하는 그 자체만으로도 아름답고 값진 일이다.

이제는 한 번쯤 자문자답해 볼 일이다.

나는 지금 몇 개의 어떤 모임에 가입하고 있는가?

벤치마킹에
강해져라

난 항상 그녀가 보고 싶을 것이다.
우리의 사랑은 바람과 같아서 볼 수는 없지만, 느낄 수 있다.
| 워크 투 리멤버 |

나이 차이가 열다섯 살이나 나는 동서 둘이 있었다. 어느 날 큰 며느리가 동서에게 전화를 걸어 이렇게 말했다.

"동서 나야. 요즘 날씨가 많이 선선해졌지. 별일은 없구. 나 오늘 할인점에 갔는데 빨간색 부츠가 너무 예쁘더라. 올겨울에는 부츠가 유행이래. 동서가 신으면 예쁠 것 같아서 내가 샀어. 조금 전에 택배로 보냈으니까 출근할 때 잘 신고 다녀."

나이어린 동서는 한편으로 놀라기도 했고, 다른 한편으로는 시아버지 제사 때 시댁에서 시누이에게 철없이 한 말이 생각나면서 도둑이 제 발 저려오는 듯한 느낌이 들어 할 말이 없었다.

나이가 오십이 넘은 큰 며느리는 이른 나이에 가난한 집 큰며느리로 시집을 와서 온갖 고생 다하며 살았고, 이제는 자식들이 크고 남편의 사업도 잘 되어 먹고 살만해졌건만 여전히 예전의 아껴 쓰던 습관이 있어 옷도 새것을 사지 않고 늘 얻어 입고 고쳐서 입곤 했다. 이런 알뜰한 며느리가 마음에 걸린 시어머니가 자식들에게 받은 용

89

만일 당신도 질투와 시기를 일삼는 여성 중의 한 사람이라면 당신에게 발전이란 없다.
좋은 성격이나 장점은 적극적으로 받아들여라.
좋은 것이지만 자신에게 없는 것이라면 적극적으로 벤치마킹해라.
누구든 태어나면서부터 모든 장점을 갖고 태어나는 사람은 없다.
성장하면서 배우고 살아가면서 벤치마킹하는 것이다.

돈으로 큰 며느리 옷을 한 벌 사준 것이다. 이 사실을 알게 된 막내며느리는 곧장 큰 시누이, 작은 시누이에게 이렇게 말했다.

"글쎄요. 어머님은 고모들이 추석 때 주신 용돈으로 큰 형님 옷을 사주셨대요. 얼마나 옷을 안 사 입으면 어머님이 옷을 다 사주셨겠어요. 큰 형님도 참 아끼는 것은 좋지만 너무 지독하신 거 같아요."

용돈을 준 딸들 입장에서는 그 돈으로 며느리에게 옷을 사준 엄마가 원망스럽고, 오빠의 아내인 큰 올케에게는 미운 생각이 들 수밖에 없다. 막내며느리의 입방아로 인해 큰며느리만 나쁜 사람이 되고 말았던 것이다. 하지만 시어머니에게 옷을 선물받은 큰며느리는 자신 혼자만 받은 게 미안해서 손아랫동서 둘에게 자기 돈으로 똑같이 신발을 한 켤레씩 사주는 넓은 마음을 가졌던 것이다.

여자들은 남자들에 비해 질투심이 강하고 자존심도 강하다. 때문에 누군가 직장 상사로부터 칭찬을 받기라도 하면 박수를 쳐주기보다는 시기를 하거나 트집을 잡곤 한다.

"얼마나 여우짓을 했길래 사장님이 그렇게 칭찬을 할까."

"얼굴 예쁘고 옷 잘 입고 다니니까 마음도 예쁘게 보이나 보지 뭐."

모든 여성들이 다 그렇진 않지만 주변 사람 누구 하나 튀는 꼴(?)을 그냥 바라 보지 못한다. 특히 성격이 좋아서 누구에게나 서글서글하게 대하고 밝은 표정을 유지하는 여성들에 대해 질투를 하는 여성들이 많다. 대체적으로 이렇게 성격이 좋고 밝은 여성들은 단체나 조직에서 남성들에게 인기가 좋으며 매사에 적극적이기 때문에 다른 여성들의 눈에는 가시처럼 느껴지는 것이다.

만일 당신도 질투와 시기를 일삼는 여성 중의 한 사람이라면 당신에게 발전이란 없다. 좋은 성격이나 장점은 적극적으로 받아들여라.

좋은 것이지만 자신에게 없는 것이라면 적극적으로 벤치마킹해라. 누구든 태어나면서부터 모든 장점을 갖고 태어나는 사람은 없다. 성장하면서 배우고 살아가면서 벤치마킹하는 것이다.

편견 없는 눈으로 모든 사람을 바라보는 시선을 가진 사람.

누구에게나 미소를 던지며 밝게 다가서고 늘 밝게 살아가는 사람,

궂은 일일수록 적극적으로 나서서 봉사하고 희생하는 사람,

매사에 최선을 다하며 배움에 적극적인 사람,

먼저 배려하고 양보하고 이해하려는 사람,

주변에 이런 사람이 있다면 적극적으로 벤치마킹해라. 질투나 시기 따위는 집어던져라. 그들의 마음과 행동을 아름답게 여기고 가까이 지내고자 노력해라. 환경이 사람을 만든다. 좋은 사람 곁에 오래 머물면 자신 역시 좋은 사람으로 변하기 마련이다.

벤치마킹(bench-marking) 경제 용어로 경쟁 업체의 경영 방식을 면밀히 분석하여 경쟁 업체를 따라잡는 경영 전략을 말한다. 하지만 광범위하게는 무엇이든 자신에게는 없으나 타인이 갖고 있는 장점이나 기술 또는 특별한 노하우를 자기 색깔에 맞게 적용시켜 좋은 효과를 꾀하는 행동을 말한다.

카리스마가
필요하다

"전 도대체 이해가 안 가요. 사랑이 어떻게 변해요?"
"변해요, 사랑. 세상에 안 변하는 게 어디 있어?"
"그래도 안 변해요, 사랑은……"
| 너는 내 운명 |

　연기파 영화배우 강수연은 영화 '한반도'에서 명성황후로 124분의 러닝타임 중 단 3분만 등장한다. 하지만 그녀의 출연을 두고 강우석 감독은 "강수연 씨의 카리스마 넘치는 열연이 없었다면 이 영화의 완성도를 자신하지 못했을 것"이라고 말했다. 한 매체의 기자 또한 영화 한반도를 보고 "짧은 순간이지만 강수연이 내뿜는 카리스마는 영화 전체를 휘감는다."며 인터뷰를 통해 그녀를 격찬하기도 했다.

　강수연은 국내에서 내노라 하는 여배우이면서도 카리스마가 돋보이는 배우라는 평을 받는다. '장희빈'으로, '명성황후'로 그녀가 열연했던 캐릭터 자체가 갖는 힘도 있지만 그녀의 눈빛과 목소리, 표정에서 나오는 카리스마를 따라잡을 여배우는 흔치 않다는 것이 드라마 영화 제작진은 물론이고 대중들의 평가다.

　카리스마(charisma)란 신의 은총을 뜻하는 그리스어 'Kharisma'에서 유래한 말로, 대중을 심복시켜 따르게 하는 능력이나 자질을

93

카리스마는 의도한 멋이나 만들어진 스타일이 아니다.
누구든지 자신이 능력과 자신감으로 당당해졌을 때
그래서 보다 많은 이들을 포용할 수 있고 이끌어갈 수 있게 되었을 때
저절로 우러나오는 리더십의 상징인 셈이다.

뜻한다. 이를 테면 많은 사람들을 자신에게 주목시키고 따라오게 할 수 있는 특별한 힘을 말한다. 하지만 그간 우리 사회에서는 카리스마=남성의 강렬한 이미지쯤으로만 왜곡되어 왔고 마치 마초적인 남자 배우들이나 독재 권력자들의 무기쯤으로 보는 인식이 강했다.

카리스마! 그것은 남성의 전유물이 아니다. 카리스마는 성공하는 사람의 능력 그 중에서도 리더십으로 이해되어야 하며, 반드시 강한 이미지와 연관지어서는 안 된다. 강한 이미지로 드러나는 카리스마도 있지만 부드러움 속의 카리스마도 있기 때문이다.

성공한 여성들을 보면 저마다의 카리스마가 배어 나온다. 그 카리스마는 사람에 따라 제각각 다르지만 다른 이들로 하여금 빨려들게 하는 흡인력에 있어서는 같은 기능을 한다. 카리스마를 만들어 내는 데 핵심적인 역할을 하는 것은 눈빛, 목소리, 표정, 그리고 내면의 심지다. 초점을 잃지 않는 강렬한 눈빛과 다듬어진 듯 정교하고 강직한 목소리, 진지함과 자신감이 동시에 뿜어 나오는 얼굴 표정 등은 카리스마를 지닌 사람들에게서 쉽게 볼 수 있는 특징들이다. 하지만 연출로도 가능한 이같은 외적인 요인들이 아닐지라도 내면에 강인한 의지나 남다른 능력을 지닌 사람들은 행동이나 표정 속에서 말로 표현하기는 힘든 그 특별한 카리스마를 발산한다.

"같은 여자지만 정말 대단하다. 저 여자는 뭔가 다르다."

"눈동자가 살아 있고 빈틈없어 보이는 말투가 뭔가 모르게 보통 사람들과는 달라."

상대에게 카리스마를 느끼는 여성들은 이처럼 말을 하는 순간 이미 상대의 카리스마가 내뿜는 보이지 않는 파워의 사정 거리 안에 들어가 버리게 된다. 성공신화를 만든 기업의 리더나 화술이 뛰어난 강사 또는 남달리 우수한 능력으로 성공을 거머쥔 그녀들을 만났을 때 당신은 그것을 경험했을 것이다.

카리스마는 의도한 멋이나 만들어진 스타일이 아니다. 누구든지 자신이 능력과 자신감으로 당당해졌을 때 그래서 보다 많은 이들을 포용할 수 있고 이끌어갈 수 있게 되었을 때 저절로 우러나오는 리더십의 상징인 셈이다.

마초(macho) 일본의 여성주의 사회학자 우에노지즈코는 마초 문화가 저출산을 부른다는 이론을 제기하고 있다. 그녀는 현재 저출산으로 고민하는 나라는 일본, 한국, 이탈리아, 독일 등인데, 이들 나라는 '마초(macho)'적인 국가라는 공통점이 있다고 한다. 기본적으로 여성이 일 하면서 아이를 키울 수 있는 환경이 만들어져야 하는데, 가장 중요한 것은 직장과 부부 관계. 육아는 여성의 몫이라고 생각하는 사회에서 여성이 애를 낳지 않는 것은 당연하다는 것이다. 일본의 경우 보육 시설이 많은데도 출산율이 낮은 것은 바로 공동육아 가사노동에 미온적인 남성들의 마초 문화 때문이라는 입장이다.

'인상 좋은 여자'가 아닌
'성격 좋은 여자'가 되어라

난 과거는 생각 안해, 현재만 생각하지.
이제 다시는 너를 놓치지 않겠어.
| 천장지구 |

    로마 신화에 나오는 문(門)의 수호신 야누스(Janus)는 그리스 신화에 대응하는 신이 없는 유일한 로마 신화의 신이다. 고대 로마인들은 문에 앞뒤가 없다고 생각하여 두 개의 얼굴을 가지고 있는 것으로 여겼다. 야누스는 집이나 도시의 출입구 등 주로 문을 지키는 수호신 역할을 하였는데, 현대에 와서는 두 얼굴을 지닌 모습에 빗대어 이중적인 사람을 가리킬 때 주로 쓰이며 토성의 여섯 번째 위성의 명칭이기도 하다.

    사람들은 누구나 다 인상 좋은 사람을 선호한다. 하지만 인상이 좋다고 해서 그 사람의 내면도 아름답고 진실되며 다른 이들의 마음을 충족시켜 주는 것은 아니다. 사람에 따라서는 인상은 그럴 듯하게 좋으나 내면은 전혀 다른 이들도 있다. 이런 경우 겉과 속이 다른 두 얼굴을 지닌 사람, 즉 야누스처럼 치부한다.

    반대로 언뜻 보는 인상은 좋지 않으나 가까이 지내보면 마음이 비단결처럼 곱다거나 성격이 좋아서 많은 사람들을 즐겁게 해주고 만

97

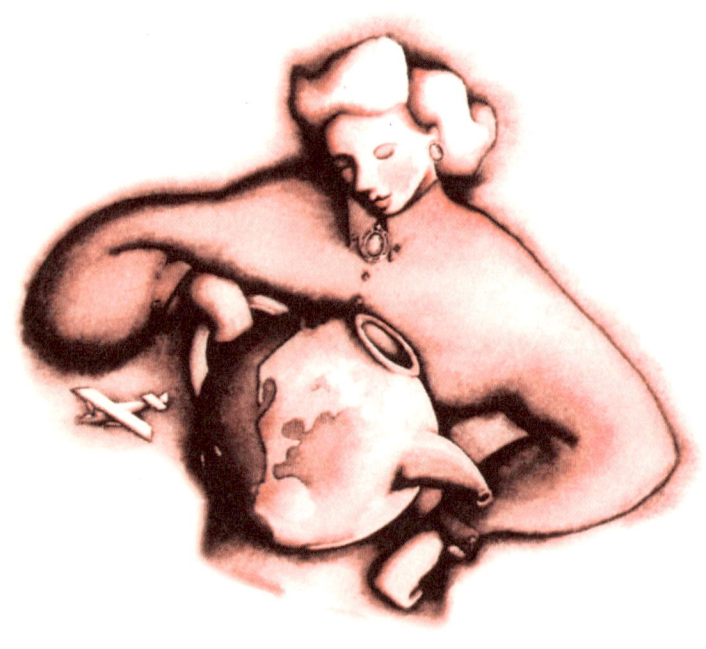

성격이 좋은 사람은 설령 미련해 보이는 듯한 얼굴일지라도
화통하고 시원스럽게 말하며 상대를 배려해 주는 등
부담감없이 즐겁게 만들어 준다.

족시켜 주는 이들도 있다. 인상도 좋고 성격도 좋다면 더할나위없이 좋은 일이겠지만 만일 인상과 성격 둘 중의 하나를 택한다면 성격을 택하는 이들이 지배적으로 많다.

인상 좋은 사람은 상대에게 호감을 주고 친근감을 주긴 하지만 자신의 내면 세계에 상대를 끌어들일 만큼 특별한 힘을 갖고 있지는 못하다. 이를 테면 보여지는 것이 전부인 경우라면 몰라도 상대의 마음을 움직이는 것은 쉬운 일이 아니다. 하지만 성격이 좋으면 다른 사람을 자신의 사람으로 끌어들이고 오랫동안 관계 유지를 하는 데 유리하다. 친구든 연인이든 인간 관계에서 사람들이 가장 중시여기고 예민하게 받아들이는 것이 성격이다.

인상은 좋지만 실제로 대화를 나누어보고 내면을 들여다보니 소심하며 이기적이고 까다로운 사람이었다면 처음에 호감 갔던 그 사람의 좋은 인상은 그럴 듯하게 화장해놓은 얼굴 그 이상이 아니라는 것에 실망을 하게 된다. 인상이 좋은 만큼 그에게 갖는 상대의 기대 심리는 클 수밖에 없고 기대가 무너지면 당연히 실망도 커진다.

하지만 성격이 좋은 사람은 설령 미련해 보이는 듯한 얼굴일지라도 화통하고 시원스럽게 말하며 상대를 배려해 주는 등 부담감없이 즐겁게 만들어 준다. 특히 여성이지만 끊고 맺는 성격이 화끈하며 이기적이거나 모나지 않고 확 트인 성격이라면 상대가 남성일지라도 그녀와 만나서 대화하고 차를 마시는 일 그리고 비즈니스에 대해 의견을 주고 받는 것에 부담을 갖지 않고 즐겁게 여긴다.

직장이나 단체 등 사회 활동에서 성격 좋은 여성에 대한 사람들의 호감은 인상 좋은 것 이상의 점수를 부여한다. 특히 함께 일하는 직원이나 자주 만나게 되는 비즈니스 파트너가 남성일 경우 그 남성은 적잖은 부담을 갖는다. 이성이기에 말 한 마디 행동 하나가 조심스

99

럽기만 한 것이다. 때문에 남녀가 파트너로 일할 때는 공과 사를 정확히 구분하여야 하며 철저하게 매너를 지켜야 한다. 비즈니스 협상 때에도 마찬가지이다. 특히 여성이 확 트인 성격이어서 먼저 분위기를 편안하게 이끌어 줄 경우 상대는 부담감이나 지나친 조바심은 사라지며 편안한 마음으로 대화를 하게 되고 그 결과 또한 좋다.

성격 좋은 여성에 대해 사람들은 이렇게 말한다.

"어머 같은 여자지만 성격이 시원시원해서 너무 편안하다니까."

"성격이 확 트여서 사람을 편안하게 해준다니까. 화끈하고 깔끔하고 화통하지."

당신의 성격은 어떠한가?

내성적이고 소심하고 이기적이고 지나치게 여리거나 소녀처럼 감성적이라면 스스로에게 물어보아야 한다. 나의 대인 관계 점수는 이상이 없는지?

혈액형과 성격을 연결짓는 것은 그다지 바람직하지 못하다. 'B형 남자'가 화두가 되고 영화, 책 등에서 혈액형과 성격이나 장단점을 연관시킨다. 특히 한국인과 일본인이 유난히 혈액형에 민감하며 중요시 여긴다고 한다. 이 때문에 외국인들은 '혈액형의 최면에 걸린 사람들'이라고 말할 정도다. 중요한 것은 혈액형과 성격 사이의 관련성을 찾을 수 있는 단서는 어디에도 없다. 단순히 재미로 또 상대방과의 대화를 열어나가는 자료로 활용한다면 아무런 문제가 없다. 그러나 인종, 외모, 성별처럼 선천적인 혈액형을 가지고 인간의 성격이나 능력을 결정짓는 것은 위험천만한 생각이라는 것이다.

하나 : 인터넷판매, 늦었다고 생각할 때가 시작할 때다!

인터넷 상에 없는 상품은 어디에도 없다고 할 정도로 인터넷에는 경쟁이 포화 상태이다. 그러다 보니 성공할 확률은 낮아 보인다. 그러나 철저한 준비와 고객의 성향을 제대로 파악하고 들어간다면 충분히 성공할 수 있다.

둘 : 먹어 봐야 맛을 알듯이, 경험만큼 확실한 것은 없다!

물건을 팔긴 해야 할 것 같은데 팔아본 경험이 없어서 결정을 내리지 못하고 있는 경우에는 일단 적은 투자를 통해 시작해 보는 것이 좋다. 경험이 실패를 낳기도 하지만 결과에 대해서는 확실한 판단을 할 수 있게 된다.

**셋 : 광고도 최대한 인터넷을 이용하여 끊임없이 관리하여
　　홍보비를 최소화한다!**

인터넷은 빠른 효과를 보기 위해 검색 등록을 하면 좋지만 비용이 많이 든다는 단점이 있다. 인터넷이라는 곳은 속도가 빠르다는 장점도 있지만 수많은 사람들이 드나든다는 점도 잊어서는 안 된다. 즉, 단기간에 승부를 보는 것도 좋겠지만 돈 들이지 않고 효과를 보려면 시간과 노력이 필요하다. 컨텐츠 성격을 띤 블로그, 카페, 지식iN을 차근차근 준비하고 끊임없이 관리하면 어느 정도 시간이 지나면 고객들 속으로 파고들 수가 있게 된다.

넷 : 매출의 10%는 항상 광고비로 정해 두어야 한다!

인터넷이라는 곳은 끝없이 변화되고 새로운 정보의 바다를 이루는 곳이다. 이런 특징을 가진 인터넷상에서 나의 제품을 지속적으로 판매하려면 끊임없이 광고해 주고 홍보해 주어야 고객으로부터 외면받지 않는다. 그러려면 매출의 일정 부분은 항상 광고와 홍보에 투자해야 한다. 그래야 다음 지속적으로 매출이 상승하게 될 것이다.

다섯 : 광고 대행사를 통해 광고를 하면 광고의 극대화를 노릴 수 있다!

인터넷 광고를 좀더 적극적으로 할 필요가 있을 때 이를 전문적으로 대행하는 곳을 활용하는 것도 좋은 방법이다. 인터넷 광고 방법과 효과를 측정할 수 있는 방법이 날로 복잡해지고 있기 때문에 대행사를 찾을 경우 내가 취급하는 품목을 전문적으로 광고할 수 있는지도 생각해서 결정해야 큰 효과를 볼 수 있다.

여섯 : 판매할 수 있는 채널을 다양하게 확보해야 한다!

오픈마켓의 경우 경쟁력이 심하기 때문에 수익을 올리기 위해서는 많은 물건을 팔아야 하고, 가격 경쟁력도 고려해야 한다. 오픈마켓에서는 잘 나가는 상품 몇 가지를 판매하고, 사업을 안정화시키기 위해 내 이름을 건 쇼핑몰을 직접 운영하면서 지속적인 관리로 회원을 유치하는 것도 좋은 방법이다.

일곱 : 손해 보면서 판매하는 것은 실패를 가져온다!

매출은 있는데 이익이 없는 경우, 좀더 버티면 이익이 생길 거라는 막연한 기대를 해서는 안 된다. 성공하기 위해서는 때로는 지금 처한 현실에 대해 올바르게 판단하고 단호하게 결정한 후, 새로이 이익이 생길 수 있는 방법과 상품 개발을 하는 노력을 해야 기회를 잡게 된다.

여덟 : 광고의 효과를 보려면 신축성있게 해야 한다!

제품에 따라 인터넷 상에서도 비수기가 있고, 성수기가 있다. 그런데 무턱대고 광고를 한다고 해서 효과를 볼 수 있는 것은 아니다. 비수기와 성수기에 따라 광고의 효과를 측정해 본 후 이를 신축적으로 운영해야 광고 효과를 매출로 이끌 수 있다.

아홉 : 철저한 분석을 통해 매출 부진의 원인을 찾아야 한다!

인터넷쇼핑몰을 하는 사람들 중에 같은 제품인데도 월매출에 큰 차이를 보이는 경우가 있다. 똑같은 제품인데 왜 내 제품의 매출이 적은지 이상하다고 생각한다면 지금부터 원인 분석에 들어가라. 취급하는 품목부터, 경쟁자의 수, 디자인이나 운영 등등에 문제가 없는지 잘 살펴보면 원인을 찾게 될 것이고, 이를 개선하면 매출의 변화를 실감할 수 있게 된다.

열 : **잘 나갈 때일 수록 미래를 준비해야 한다!**

온갖 정보가 넘쳐나고 경쟁자가 호시탐탐 노리고 있는 세계가 인터넷세상이다. 어느 정도 판매도 되고, 안정된 수입이 들어온다고 해서 안주하면 머지 않아 새로운 경쟁자를 맞게 될 것이고, 판매와 수입이 줄어들게 된다. 현재에 머물러 있지 말고 항상 새로운 방법을 찾고 연구하면 성공적인 인터넷쇼핑몰을 운영하게 될 것이다.

감성 에너지를 성공에 바르는 여자

2

여성이여!
당신은 남성이 갖지 못한 특별한 힘을 지녔다.
그것은 바로
감성(Feeling), 가상(Fiction), 여성(Female)의 3F다.
이는 미래학자들로 하여금 21세기가 여성의 시대임을
속듬어주는 가장 큰 이유다.
21세기는 사회 전반에 걸쳐
하드웨어가 제대로 구축되어 있는 상황이다.
남은 부분은 소프트웨어다.
소프트웨어는 풍부한 감성과 창조적인 상상력,
그리고 여성 특유의 섬세함과 부드러움을 원한다.
그렇다면 세상은 이미 여성들의 편에 서 있다.

여자만의 무기,
3F를 색칠해라

미래학자들 중에는 '21세기는 여성시대'라는 예언을 하는 이들이 적지 않다. 1982년 '메가트랜드'라는 말을 창시한 바 있는 미국의 미래학자 존 네이스비츠는 21세기의 특징을 감성(Feeling), 가상(Fiction), 여성(Female) 등 '3F'라고 밝혔다. 영국의 사회학자 앤서니 기든스 역시 그의 『제3의 길』이란 저서에서 "21세기 사회 변동의 핵심은 여성"임을 강조하기도 했다. 그런가하면 영국 왕립연구원 원장인 바로니스 그린필드 박사는 "20년 내에 여성이 세상을 지배한다."고 말했다.

그들은 왜 21세기를 여성의 시대가 될 것이라고 내다보는 걸까. 아니면 그들은 페미니스트인 걸까.

미래학자들이 미래의 주도권에 여성의 손을 들어 주는 데는 그만한 이유가 있다. 우리 사회는 농경사회와 산업사회를 거치는 동안 남성의 힘을 필요로 했다. 산업사회는 기반시설 확보와 첨단기술 개발을 가져왔으며 그 결과 세상은 정보화 사회로 돌아섰

107

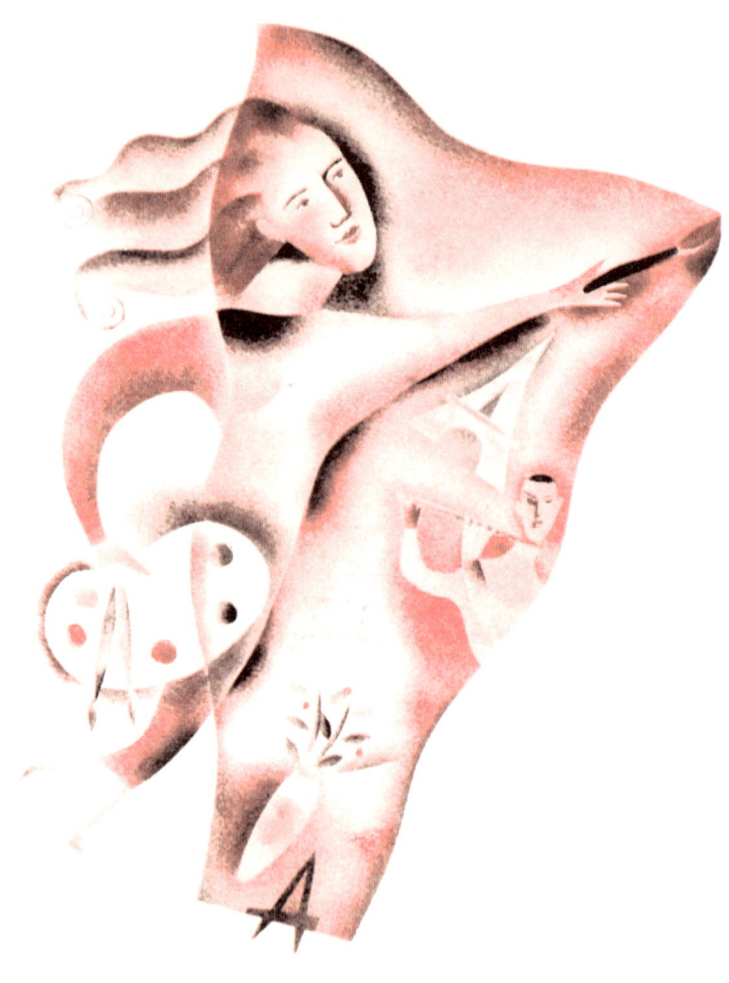

컬러는 사람마다 제각각이다.
어떤 컬러를 어디에 색칠할 것인지는 본인 스스로 선택해야 한다.
다만 여성들이 저마다 지닌 컬러에
가상, 감성, 여성이라는 세 가지 색깔을 적절히 잘 혼합시켜 색칠을 한다면
'성공' 이라는 명작이 탄생한다는 것이다.

다. 이제부터는 힘이 아닌 뇌를 사용하는 일 중심으로 옮아가고 있어 여성들에게 보다 많은 기회가 주어지고 있다는 것이다. 보다 쉽게 말하면 모든 분야에서 하드웨어는 이미 구축되었고 앞으로 필요한 것은 보다 업그레이드된 다양한 소프트웨어를 개발하는 일이라는 애기다. 따라서 여성들이 지닌 풍부한 감성, 상상력과 창의력으로 이어지는 허구, 즉 가상력, 섬세하고 꼼꼼하면서도 부드러운 여성성 이 세 가지는 모든 분야에 접목되어 더 좋은 결과를 가져올 것이라는 예측이다. 이를 테면 모든 제품에서 디자인이 갖는 중요성과 마케팅파워는 그 단적인 예인 것이다.

21세기는 어느 분야에서든지 여성들의 성공이 특별해 보이지 않는, 즉 여성의 파워가 보편화된 시대가 될 것이다. 존 네이스비츠를 비롯한 미래학자들의 견해에 수긍이 갈 뿐만 아니라 일에서의 의욕에 있어서 남성보다 여성들이 더 후한 점수를 받기 때문이다. 일에서 엿보게 되는 현대 여성들의 의지와 열정은 한 마디로 대단하다.

이제는 여성들이 박차고 들어가지 않아도 문은 이미 열려 있다. 여자이기 때문에, 체력이 약하기 때문에, 육아 때문에 등등 성공으로 가는 길에 장애가 많다는 말은 더 이상 타당성을 부여받지 못한다. 이제부터는 여성들의 능력과 열정만이 여성들이 원하는 삶을 만들어가게 될 것이며, 성공이란 단어는 보다 가까운 곳에서 손짓을 할 것이다. 단, 남성들에게는 부족한 '3F'를 여성들이 갖고 있는 그것을 최대한 활용하는 것이 성공행 티켓을 잡는 데 유리하다.

단적인 예로 제품을 만들기 전에 고객의 심리를 파악하여 제품을 기획하고 디자인하며 제품을 팔 때는 고객의 입장에서 생각하고 디스플레이와 서비스를 하는 것, 판매 후에는 고객과의 관계 유지를 통해 고객 관리를 하는 기획부터 사후 관리까지의 일련의 과정에는 가상과 감성, 그리고 여성성이 큰 역할을 할 것이다. 이것이 바로 여성의 무기인 '3F'를 일과 비즈니스에 색칠하는 일이다.

컬러는 사람마다 제각각이다. 어떤 컬러를 어디에 색칠할 것인지는 본인 스스로 선택해야 한다. 다만 여성들이 저마다 지닌 컬러에 가상, 감성, 여성이라는 세 가지 색깔을 적절히 잘 혼합시켜 색칠을 한다면 '성공'이라는 명작이 탄생한다는 것이다.

메가트랜드(megatrends)란 존 네이스비츠(John Naisbitts)가 저술한 베스트셀러 『메가트랜드 Megatrends : The New Directions Transforming our Lives』로 생겨난 용어. 현대사회에서 계속 일어나고 있는 거대한 흐름(trend)을 뜻하는 말로 탈공업화 사회, 글로벌 경제, 분권화, 네트워크형 조직 등이 그 대표적인 예다.

메커니즘의 한계를
감성 (Feeling) 으로 변화시켜라

성냥곽 같은 아파트들은 회색 기둥이 되어 곳곳에 서 있고 시간을 지켜 정확하게 오는 지하철을 타면 예상하는 시간에 목적지에 도착하고 컴퓨터 전원 버튼을 누르면 그 속에는 수많은 정보들이 떠돌아다닌다. 그곳에서 정보를 찾고 거래처 담당자에게 주문할 물량을 메일로 보내고 점심시간이 되면 넥타이 부대 속에 끼어 회사 근처 식당을 몇 집 기웃거리다가 결국에는 5천 원짜리 정식집에 들어가 십분 만에 밥을 먹고 회사 휴게실 자판기에서 커피 한 잔을 빼 마시다 다시 책상으로 돌아가 일을 한다.

늘 반복되는 이같은 일상 속에서 신기한 일이란 찾아볼 수가 없다. 모든 것은 늘 같은 모습이고 사람들의 움직임마저 기계라는 세상 속의 한 부품처럼 움직여지는 듯하다. 현대인들은 이같은 메커니즘의 굴레를 벗어나고 싶어하지만 쉽지 않다. 그나마 여행이나 휴식이 틀에 박힌 일상으로부터 탈출을 시켜주는 유일한 창구가 된다. 젊은이들이 인터넷 서핑을 즐기는 시간이 많아지는 것도 메커니즘

111

여성적인 부드러움과 아름다움만을 강조하라는 얘기가 결코 아니다.
사람의 감정에 불꽃을 일으킬 수 있는 그 특별한 느낌 '감성'을 찾아내고
그것으로 우리의 현실을 업그레이드시키는 것이 바로 여성의 능력이다.

사회의 단면이다.

이런 사회에서 테두리가 컬러인데다 형태는 타원형의 컴퓨터, 자판기의 컵마다 표면에 그려진 그림이 다르며 담배곽보다 작은 핸드폰, 도전적인 삼각형 핸드백을 갖고 다닌다는 것은 그 누구도 감히 상상하지 못했던 일이다. 하지만 이를 가능하게 만드는 것은 다름 아닌 감성(Feeling)이다.

감성은 제품의 디자인에만 국한되는 것이 아니다. 인간의 감정을 뒤흔드는 것이 바로 감성이다. 이 때문에 최근 몇 년간 기업들의 마케팅 화두는 감성이었고 지금도 역시 감성으로 고객을 끌어들이라는 기업들의 슬로건은 지속되고 있다.

올해로 창립 10주년을 맞는 국내 한 통신회사의 화두는 '디자인'이다. 제품을 디자인하자는 것이 아니라 창의적인 감성이 필요한 디자인 작업처럼 감각적으로 고객에게 다가서자는 것이다. 이 때문에 신입사원 채용시 임원 면접에서는 '얼음이 녹으면 무엇이 되나'라는 질문이 있었고, "진흙탕이 된다", "봄이 온다" 등 감성적이며 창의적인 답변이 높은 점수를 받았다는 후문이다.

획일화된 현대인의 일상은 갈수록 메커니즘 세계로 빨려 들어간다. 이런 현실 속에서 사람들은 신선한 충격을 원한다. 그것은 모든 이들이 공통적으로 느끼는 현상이다. 감성의 자극을 보다 간절히 원하는 눈치다. 이를 가능케 해줄 사람은 바로 여성이다.

남자들에게 식탁에 반찬 그릇을 올려 놓으라고 하면 십중팔구는 마치 짐 보따리를 한가운데에 집중화시키듯이 정사각형의 테두리를 만들며 반찬 그릇을 놓는다. 하지만 여자는 다르다. 식탁의 형태 크기에 따라 반찬 그릇을 올려놓는 위치 또한 달라진다. 그녀들은 이미 가운데 메인 반찬을 놓을 공간을 확보해둔 상태에서 그 주변에 부수적인 반찬들을 올려놓는다. 그것의 전체적인 형상은 타원형이 되기도 하고 삼각형이 되기도 한다. 게다가 반찬의 색상까지 고려한 컬러 디자인을 하기도 한다. 그녀들에게는 태어날 때부터 조물주가 특별히 선물한 감성이 남자들에 비해 뛰어나기 때문이다.

사람들은 다른 집에 방문했을 때 조금 지저분하거나 분위기가 찬 바람이 도는 가정이라면 흔히 이렇게 말한다. "여편네 나간 집구석처럼 왜 이렇게 사람 냄새가 안나는 거야." 라거나 "어휴, 썰렁해. 역시 남자들만 살면 이렇다니까."라고.

물건이든 공간이든 여자의 손길이 가면 달라진다는 것이다. 여자의 냄새 바로 여자만의 감각이 곳곳에 배어 있기 마련인데 여자가 없으면 감성적인 면모가 느껴지지 않는다는 얘기다.

기업도 마찬가지다. 여성이 CEO인 기업은 현관문을 들어설 때부터 느낌이 다르다. 정형화되고 수직적이고 단색적인 인테리어로부터 벗어나 있다. 신발을 벗는 출입구에는 화분이 놓여져 있고 회사 복도에는 벽에 걸린 크고 작은 그림들이 갤러리를 연상케 한다. 물론 다 이런 모습은 아니지만 어디가 달라도 다른 건 사실이다. 화장실이든 휴게실이든 여성이 CEO인 경우에는 분명히 다른 구석을 발견하게 된다.

그렇다면 매장이나 제품도 마찬가지다. 여성이 운영하는 매장은 그녀들의 몸에서 풍겨 나오는 화장품 냄새가 아닌 여성 특유의 감각과 감성에서 생성되는 그녀들만의 냄새가 난다. 제품의 디자인이나 구성 요소 또한 여자의 기획 제품은 다르다.

여성보다 더 감성적인 남자들도 있다. 디자인이나 요리, 문학 등에서 감히 남성의 작품이라고 보기 어려울 만큼 뛰어난 감성을 작품으로 승화시키는 이들이 있는 것은 사실이다. 하지만 중요한 것은

114

모든 면에서 여성의 감성은 남성의 그것보다는 월등히 뛰어나다는 것이다.

여성들은 그 특별한 감성을 일과 비즈니스에 심어라. 사랑하는 사람, 가족 주변 사람들에게는 당연히 여성의 감성이 전파되고 있겠지만 일과 비즈니스에는 아직도 여성 특유의 감성에 목말라 하는 곳들이 수없이 많은 게 사실이다.

단지 여성적인 부드러움과 아름다움만을 강조하라는 얘기가 결코 아니다. 사람의 감정에 불꽃을 일으킬 수 있는 그 특별한 느낌 '감성'을 찾아내고 그것으로 우리의 현실을 업그레이드시키는 것이 바로 여성의 능력이다.

감성(感性, sensibility)은 이성 또는 오성(悟性)과 함께 인간의 인식 능력을 말한다. 흔히 이론적 인식에서는 이성적 사고를 위한 감각적 소재를 제공하고, 실천적인 생활에서는 이성의 지배와 통솔을 받을 감정적 소지(素地)를 마련한다. 또, 미적(美的) 인식에서는 자신의 순수한 모습을 나타냄으로써 인간적인 생의 상징적 징표가 된다.

정형화된 사고에
상상력(Fiction)을 풀어 던져라

그가 절대 거절하지 못할 제안을 할 거야.
| 대부 |

    초등학교에 들어가기 전 아이들의 말이나 행동은 부모들을 깜짝 깜짝 놀라게 한다. 아이들은 자신이 보고 느끼는 대로 그리고 생각하는 대로 말하고 행동한다. "바나나는 길다."가 아니라 "바나나는 야구장갑이다."라고 말한다. 작은 바나나의 모양이 마치 야구장갑과도 흡사하기 때문이다. 만화영화에 나오는 캐릭터 인형을 사주면 그것을 끌어안고 대화를 나눈다. 아이는 목소리를 흉내내며 1인 2역을 거뜬히 소화해 낸다. 학교에 들어가지 않은 아이들은 사물을 보고 판단할 때 일반적으로 통하는 정형화된 사고와는 거리가 멀기 때문이다.

    획일화된 교육과 고정관념 속에서 성장을 하다보면 상상력은 줄어들고 보편화된 사고의 늪으로 빠져들게 된다. 때문에 나이를 먹을수록 사람들에게는 동화 속 세상이나 환상의 세계와는 멀어져가게 된다. 현실만 적극적으로 받아들일 뿐 보이지 않는 것, 존재하지 않는 세상은 아예 생각을 하지 않게 된다.

116

어른이 되어도 천진난만한 생각을 하거나 비현실적인 낭만의 세계를 꿈꾼다거나 '지구는 둥글다'고 말하기보다는 '지구는 복잡하다'고 말하는 이들이 있다. 바로 화가나 작가를 비롯한 예술가들이다.

예술가들은 평범하고 보편적이고 획일화된 모든 것들을 거부한다. 그들은 그들이 바라보는 시각으로 그리고 해석하고 표현한다. 그러한 창작 활동이 새롭고 위대한 걸작을 탄생시키며 사람들로 하여금 사람이나 사물을 보는 시각을 보다 다양하고 자유롭게 이끌어간다.

50년 전만 해도 우리는 수첩보다도 작은 물건 안에 수 십 곡의 노래를 담아 가지고 다니며 어디서든지 자유롭게 음악을 들을 수 있을 것이라는 상상을 하지 못했다. 장난감처럼 귀여운 로봇이 자유자재로 움직이면서 방 청소를 대신할 것이라는 생각은 꿈에서나 가능했다. 하지만 이같은 일들은 현실이다. 사람이 진화했던 것처럼 인간의 생활과 인간이 만들어내는 모든 제품은 갈수록 진화한다. 그것을 가능케 하는 것은 상상력에서 시작된 창의력이다. 창의력은 기존에는 없던 것 누구도 시도해 보지 않았던 일들을 현실로 옮기게 한다.

헤어드라이기를 처음 발명할 때는 어떻게 열을 발생시키고 도구를 어떻게 만들어야만이 자유롭게 손으로 쥐고 직접 머리를 말릴 수 있는가에 생각이 집중되었다. 하지만 지금은 기능이 업그레이드되고 얼마나 가볍게, 그리고 안전하게 사용할 수 있는 드라이기를 만드느냐를 뛰어넘어 각 문화권별 사용자들이 좋아하는 컬러와 서로 다른 형태를 도입시키기에 이르렀다. 헤어드라이기 수출로 소형 전자제품의 새로운 다크호스로 떠오른 레카전자는 중국인, 아프리카인, 미국인 등 세계 각 나라별로 그들이 좋아하는 컬러와 디자인은 물론이고 포장에 이르기까지 입맛에 맞게 제조 수출한다. 헤어드라

117

현실을 벗어나서 살 수는 없다.
하지만 현실 때문에 창의력까지 말살시켜서는 안 된다.
하루 한 번만이라도 상상 속으로 여행을 떠나라.
그리고 그런 상상의 세계에서 얻어지는 영감을 일에 접목시켜 보아라.
그것이 바로 여성이 갖는 허구의 자유 속에서
쓸 만한 아이디어를 찾아내게 할 것이다.

기의 기능 업그레이드만 생각했다면 창업 3년 만에 이룬 매출 80억 원의 성공 신화는 없었을 것이다. 여기에 한 가지 성공 요인을 추가한다면 헤어드라이기의 주소비자인 바로 여성디자이너에 의해 디자인되었다는 점이다.

직장인, 자영업자, 경영자, 공무원, 교사 그 누구일지라도 기존의 방식대로 현재 자신에게 주어진 임무에만 충실한다면 당분간의 안정은 보장될지 몰라도 10년 후까지의 안정을 보장받을 수는 없을 것이다. 같은 일을 하더라도 어떻게 하면 보다 효과적인가 또는 다른 방법은 없는가에 대해 생각해 보고 상상의 나래를 펼쳐볼 필요가 있다.

아무리 맑고 깨끗한 물일지라도 고여 있는 물은 시간이 흐르면 썩기 마련이다. 하지만 흐르는 물은 처음에는 흙탕물이었을지라도 흘러가다 보면 맑게 정화된다. 인간의 두뇌 또한 그와 다를 바가 없다.

10대나 20대 시절 어느 날 사랑하는 사람을 만나게 되면 그에게 어떤 선물을 할까? 남들이 하지 않는 독특한 선물 포장은 없을까? 로맨스 영화 속에서 본 아름다운 장면처럼 어떻게 하면 황홀한 분위기 속에서 데이트를 하고 사랑을 속삭일까를 생각하게 된다. 하지만 30대 40대가 되어 배우자감을 만나 데이트를 할 때면 어디서 식사를 해야 알찬 식사가 되고 예식장은 어디가 저렴하면서도 깨끗한가를 말하게 된다.

현실을 벗어나서 살 수는 없다. 하지만 현실 때문에 창의력까지 말살시켜서는 안 된다. 하루 한 번만이라도 상상 속으로 여행을 떠나라. 그리고 그런 상상의 세계에서 얻어지는 영감을 일에 접목시켜 보아라. 그것이 바로 여성이 갖는 허구의 자유 속에서 쓸 만한 아이디어를 찾아내게 할 것이다.

발랄함과 부드러움,
즉 여성 (Female) 으로 포장해라

아이들은 권위주의적인 아빠보다는 삼촌처럼 자상하고 부드러운 아빠를 좋아한다. 여성들 역시 말없고 지시명령형인 남편보다는 유우머 감각이 있고 생동감, 부드러움이 넘쳐나는 애인 같은 남편을 원한다. 직원들은 어떨까?

D증권이 2년 전 직원 524명을 대상으로 실시한 설문조사 결과를 보면, 절반에 가까운 42%의 응답자들이 바람직한 리더의 모습으로 '부드럽고 책임감 있는 안성기 형'을 꼽았다고 한다. 그 다음으로는 '지적이면서 순발력 있는 손석희 형'이 25%의 지지를 얻었다. 3위는 '자상하면서 믿을 수 있는 최불암 형'(20%)이었고, 4위는 '활발하며 재미있는 박영규 형'(8%)이었다. 반면 '카리스마 넘치는 김두한 형'은 4%에 불과했다.

현 시대는 기업이든 가정이든 부드럽고 온화한 리더를 선호한다. 과거 인기를 끌던 강압적인 리더는 이제 추락하고 있다. 그 이유는 간단하다. 부드러운 리더의 온화함은 강압적인 리더의 독선을

수용할 수 있기 때문이다.

총장이 여성으로 지난 14년간 부드러운 리더 변화를 성공으로 이끈 리더로 통하는 한 여대는 재학생의 경우 리더십 관련 14학점을 필수 학점으로 이수해야 전공을 선택할 수 있다. 교수들도 50% 이상이 '섬김의 리더십' 교육을 받았다고 한다.

이제 사회를 움직이는 힘은 독재 권력의 힘도 아니고 강압적인 남성의 힘도 아니다. 부드러워야 한다. 부드러움은 넓게는 섬세함도 포함된다.

소비자들은 모난 제품보다는 곡선이 아름다운 디자인의 제품을 원하고, 부드럽고 친절한 판매원의 안내에 신뢰감과 만족감을 갖는다. 직원들은 일일이 이름을 기억하면서 밝은 미소를 던지는 사장을 존경하고 신뢰한다.

당신이 직장에서 팀장이라고 치자. 직원들이 일을 잘하여 사내 최고의 팀이 되길 원한다면 무엇보다 중요한 것은 직원들에게 화내지 않고 부드럽게 대하는 것이다. 단 그 과정에서 신뢰를 얻어야 한다. 능력은 없으면서 마냥 착하기만 한 팀장이 아니고 능력이 뛰어나면서 부드러움과 자상함으로 그들을 이끌어 주는 팀장이 되어야 한다. 그리고 그들에게 지시하고 강요하기보다는 무엇이든 먼저 솔선수범하여야 한다.

거래처 사장과 전화통화를 할 때도 마찬가지다. 꾀꼬리 같은 목소리로 상대의 말초신경을 건드리거나 날카롭고 사나운 목소리로 분위기를 차갑게 하기보다는 아주 편안한 부드러움에 약간의 힘을 주어 생기발랄하면서도 친근한 목소리를 낸다면 상대는 전화 한 통화로 기분이 한층 좋아질 것이며, 그로 인해 두 사람의 비즈니스도 한결 쉽게 성사될 것이다.

부드러움, 발랄함, 섬세함
이 세 가지를 하나로 포장하여 '나' 라는 브랜드 속에 집어넣어야 한다.
그것은 브랜드 파워를 만들고 자신 자신이 속해 있는 조직,
그리고 자신이 하는 일에 생명력과 힘을 불어넣게 될 것이다.

현대사회에서는 사람도 상품이다. 경쟁력있는 브랜드이어야 한다. 새로운 회사에 취업을 할 경우, 자신의 이름을 내건 전문 분야 회사를 창업할 경우 '나'라는 브랜드의 파워가 없으면 그만큼 경쟁 사회에서 살아남을 수 있는 확률도 줄어든다.

부드러움, 발랄함, 섬세함 이 세 가지를 하나로 포장하여 '나'라는 브랜드 속에 집어넣어야 한다. 그것은 브랜드 파워를 만들고 자신 자신이 속해 있는 조직, 그리고 자신이 하는 일에 생명력과 힘을 불어넣게 될 것이다.

성(性)의 차이만이 아니라
성격(性格)의 차이도 극복해라

금(金)이라고 해서 모두 빛나는 것은 아니며,
방황하는 자가 모두 길을 잃는 것은 아니다.
강한 자는 나이 들어서도 시들지 않으며, 뿌리에는 서리가 닿지 못한다.
| 반지의 제왕 |

　사회 생활은 곧 사람과의 만남으로 이어진다. 일이든 사업이든 사람의 말과 행동에 의해 전달되고 이루어진다. 대기업 같은 많은 인원을 지닌 조직이 아닐지라도 어느 곳에 속해 있든 사람을 떠나서는 이루어지는 것이 없다. 아무리 많은 능력을 지녔다 할지라도 사람들과의 관계 없이는 성공이라는 무대에 올라서기 어렵다. 아니 성공 이전에 경제 활동을 하기가 어렵다. 좋은 물건을 만들더라도 팔기 위해서는 사려는 소비자를 찾아야 하며, 혼자서 일할 수 없다면 직원을 채용해야 한다. 지식을 전달하더라도 그 지식을 들어 주고 받아들이려는 사람이 필요하다. 따라서 우리가 사는 사회는 수많은 사람들과의 관계를 무시하고서는 살아남을 수가 없다.

　사람들과의 관계 속에서 직원이든 고객이든 사람들과의 관계 유지가 사업의 성패를 좌우한다해도 과언이 아니다. 사람과의 관계로 인해 받는 영향력의 비중은 분야에 따라 다르긴 하지만 그 영향력이 미치지 않는 분야는 없다. 때문에 수많은 사람들을 내 사람으로 끌어들이는 것은 매우 중요한 일이다.

　반대로 사람들과 관계에서 적을 많이 만든다면 그것은 자신의 입지를 더욱 위태롭게 만드는 일이 된다. 이 세상 그 누구도 나 자신과 똑같은 생각을 하고 똑같은 취향을 지니고 똑같은 성격을 가진 사람은 단 한 사람도 없다. 몇 초 사이를 두고 한 엄마의 몸 속에서 태어난 쌍둥이들도 서로의 얼굴과 성격이 다르다. 하물며 태어난 곳도 나이도 성격도 제각각인 사람들을 자신의 기준과 잣대에 맞추려 하고 자신의 성격에 맞추려고 한다면 그것은 자기 욕심이고 이기적인 사고 속에 스스로를 가두는 일이다.

　또 많은 사람들과의 만남은 즐거움도 안겨 주지만 스트레스 또한 안겨 준다. 때문에 사업체를 운영해 보았거나 조직을 거느린 경험이 있는 사람들은 가장 힘든 것이 사람을 관리하고 관계를 이어가는 일이라고 말한다. 사람들과의 관계를 유지하는 것이 귀찮다거나 힘들다고 해서 '나는 내 일만 잘 할 것이다'는 식으로 산다면 그 사람의 활동 무대나 사회적 파워는 한계에 부딪히게 된다.

　사람들과의 관계에서 가장 좋은 것 한 가지는 상대의 성격을 탓하거나 나무라기 이전에 먼저 상대를 인정해 주는 일이다. 입에 발린 아첨 아부가 아닌 마음속에서 진심으로 우러나오는 말로 상대의 장점을 높이 평가하고 인정해 주면 된다. 상대의 단점을 들춰내서 문제 삼기보다는 먼저 상대의 장점을 찾아내려는 노력이 필요하다. 그리고 그 장점을 칭찬해 주는 것, 즉 바로 인정해 주는 일이다.

　"○○○씨는 아주 부지런한 것 같아요. 남들보다 부지런하니까 일에서의 성과도 좋고 가는 곳마다 인정받으실 것 같아요. 남보다 30분 먼저 출근하는 일이 그렇게 쉬운 일이 아니거든요."

　누군가가 자신을 이렇게 칭찬하면 기분이 나쁠 리가 없다. 자신

상대가 자신을 칭찬해 주기 이전에는 그다지 호감을 갖지 않았다 할지라도
일단 상대가 관심을 갖고 칭찬을 하며 다가오면
자신도 모르게 상대에게 마음의 문을 열기 마련이다.
마음의 문이 열리면 성격의 차이는 쉽게 이해되고 수용된다.

역시 상대에게 호감을 갖게 된다. 설령 상대가 자신을 칭찬해 주기 이전에는 그다지 호감을 갖지 않았다 할지라도 일단 상대가 관심을 갖고 칭찬을 하며 다가오면 자신도 모르게 상대에게 마음의 문을 열기 마련이다. 마음의 문이 열리면 성격의 차이는 쉽게 이해되고 수용된다.

친구나 가족을 생각해 보자. 그들도 나와 성격이 다르다. 그들 중에는 아주 특이한 성격을 지닌 사람도 있을 것이다. 하지만 상대의 성격을 탓하기 이전에 먼저 그의 장점을 찾아내고 또 그를 인정하고 받아들이면 나중에 나타나는 상대의 성격마저도 자연스럽게 이해하게 된다.

맺고 끊는 일은
정확히 해라

웃어라.
온 세상이 너와 함께 웃을 것이다.
울어라.
너 혼자 울게 될 것이다.
| 올드 보이 |

"거 S사장 말이야. 여자라서가 아니라 그 사람하고 거래하고 나면 기분이 좋다니까. 일에 관한 한 모든 게 정확하거든. 여태까지 결재는 하루도 늦은 적 없고 우리쪽에 해야 할 얘기는 아주 솔직하게 똑 부러지게 말하거든. 그 정도는 되어야지 영업하는 맛이 나지."

가끔씩은 주변에서 이런 얘기를 듣는 경우가 있다. 영업인이 아닐지라도 사회 생활에서 모든 사람들이 공통적으로 좋아하는 상대의 성격 중 하나가 '맺고 끊는 것이 정확하다'는 것이다. 이는 남녀를 가리지 않고 공히 상대에게 호감을 불러일으키며 거래가 이루어질 경우 지속적인 관계를 유지하게 하는 매우 중요한 요소가 된다. 특히 상대가 여성인 경우 남성들은 적잖은 부담을 갖는다. 이를 테면 이런 경우다. 결재를 해준다는 날이 되었는데 아무런 연락이 없는 경우 상대가 남자라면 전화를 걸어 확인이라도 하겠는데 여성이기 때문에 상대의 마음을 불편하게 하지 않게 하기 위해 답답하면서도 벙어리 냉가슴 앓듯 참고 기다린다. 또 거래처로부터 제품을 받았는데 한두 개 불량이 있는데도 '이 정도쯤이야 그냥 넘어가지.' 하고 끝낸다. 상대가 남성이라면 "불량이 있네요. 다음부터는 이런 일 없도록 해주십시오."라고 말하지만 여성이기에 행여 상대방 마음을 불편하게 하거나 관계가 불편해질 것을 우려하여 아예 문제를 삼지 않는다. 하지만 이는 결국 양쪽 모두의 잘못이 된다. 먼저 약속이나 제품에서 정확하지 못한 여성 기업인도 문제이고 잘못을 말하지 않고 그냥 넘어가는 상대도 잘했다고만 볼 수는 없는 일이 된다.

이같은 상황이 한두 번 정도 발생한다면 몰라도 지속적으로 반복된다면 결국에는 불편한 심기를 드러내기 마련이다. "사장님, 한두 번도 아니고 계속 이러시면 어떻게 합니까?"라는 말이 나오는 순간 이미 거래 관계에 삐그덕 음이 발생하고 만다.

만일 상대가 여성이지만 처음부터 깔끔하게 처리했다면 이런 일은 발생하지 않는다. "사장님 오늘 좀 어렵습니다. 내일은 이상없이 결재해 드리겠습니다."라거나 "사장님 오늘 보낸 물건 잘 받으셨습니까? 이상은 없으십니까?"라고 해피콜을 했더라면 더 이상 반복된 실수는 하지 않았을 것이다.

설령 '여자니까 조금 잘못을 하더라도 이해해 달라'는 식으로 비즈니스를 하는 이들은 없겠지만 만의 하나라도 비슷한 생각을 갖고 있다면 그녀의 비즈니스는 100% 실패로 돌아간다. 실수를 하게 되면 실수를 하지 않는 쪽보다는 신뢰면에서 떨어지고 실수가 반복되면 그 누구도 파트너십을 원하지 않는다.

'여자'라는 입장을 강하게 내세울 필요도 없고 그렇다고 '여자'라서 보호받는 입장이 되어서는 안 된다. 어떤 입장에서든 자신의 역할과 입장에 정확해야 한다.

업무든 비즈니스든 일 처리를 정확히 하지 않으면 상대가 보상이

정확하고 깔끔한 것은
독하다거나 냉정하다는 것과는 구분되어야 한다.
일과 비즈니스를 떠나서는 작은 실수나 애교가
인간 관계를 보다 부드럽고 편안하게 발전시키는 양념이 될 수도 있으나
성공을 추구하는 경쟁의 사회나 조직에서는
자신을 무너뜨리는 암적인 요소라는 것을 명심하자.

나 책임을 요구하지 않더라도 자기 관리의 실점이고 오점일 뿐이다. 물에 물탄 듯 술에 술탄 듯 맺고 끊는 것이 정확하지 않은 성격은 환영받지 못한다.

여성이여!

일과 비즈니스에서만큼 손톱만큼의 허점도 노출시키지 말아라. 정확하고 깔끔한 것은 독하다거나 냉정하다는 것과는 구분되어야 한다. 일과 비즈니스를 떠나서는 작은 실수나 애교가 인간 관계를 보다 부드럽고 편안하게 발전시키는 양념이 될 수도 있으나 성공을 추구하는 경쟁의 사회나 조직에서는 자신을 무너뜨리는 암적인 요소라는 것을 명심하자.

해피콜(happy call)은 상품이나 서비스를 판매한 판매자가 고객을 방문하거나 전화를 통해 제품의 이상 유무 확인을 통해 고객 만족을 실천하는 서비스다. 경제학에서는 고객 서비스의 증진 등을 통해 판매 활동을 활성화시키는 간접 마케팅 방식으로 불린다.

옷이
70점은 먹고 들어간다

오늘은 당신의 남은 인생의 첫 번째 날입니다.
| 아메리칸 뷰티 |

최근 들어 패션이든 건강이든 아줌마들의 뉴파워가 늘어나고 있다. '줌마렐라(Zoomarella)'라고 부르는 이들은 중년 여성의 사회 진출이 많아지면서 진취적인 우먼미시 파워족을 이루고 있다. '아줌마'의 '줌마'와 '신데렐라(Cinderella)'의 '렐라'를 합성한 단어로 '아줌마지만 신데렐라처럼 아름답고 적극적인 성향을 지닌 진취적인 아줌마'를 뜻한다.

이들은 자신의 외모만 가꾸는 미시족이나 웰빙족과 달리 활발한 경제 활동을 한다는 점에서 구별된다. 건강과 미용적인 측면에도 많은 관심과 노력을 기울이고, 탁월한 패션 감각으로 자신의 지적 매력을 강조하고, 자기 계발을 위해 지식을 축적하는 것에도 노력을 게을리하지 않는다.

멋지고, 당당하게 자신을 위해 투자하는 줌마렐라들은 중년 여성에 대한 인식을 긍정적으로 바꿀 뿐만 아니라 이 시대 여성들의 이상형으로 보여지고 있다.

132

CEO나 특정 직업을 지닌 사람들도 아닌데 40~50대 여성들이 패션잡지를 통해 정보를 얻고, 자신이 입을 옷을 직접 코디하는 등 패션에 아낌없는 투자를 하는 정도라면 현시대 사회 활동에서 패션이 얼마는 중요한 영향력을 갖는지 알 수 있다. 게다가 '미인이 끄는 힘은 황소보다도 세다'는 영국 속담의 주인공인 여성들의 변화는 중년 여성에 대한 기존의 선입관도 바꾸고 있다.

그래서일까? 각 분야에서 성공한 여성들을 보면 한결같이 세련된 패션이 돋보인다. 그녀들의 패션은 화려하기보다는 깔끔하면서도 어딘가 모르게 품위가 느껴진다. 이미지 컨설팅 전문가 정연아, 강금실 전법무부장관, 헤드헌터계의 대모 유순신 사장, 프로골퍼 박지은, 탤런트 박정수 등등. 이들은 각 분야에서 정상을 달리는 전문가이자 유명인들이면서도 남다른 패션 감각을 드러낸다. 이들 중에서도 유순신 유앤파트너즈 사장의 패션 관리는 커리어우먼 또는 여성 CEO들에게 시사하는 바가 크다.

유순신 사장은 커리어 컨설팅 전문회사인 유앤파트너즈의 대형 프로젝트를 성공시켜 업계의 주목을 받고 있는 인물이다. 일에 대한 열정이 강하기로 소문난 그녀지만 사람과 사람을 이어 주는 역할을 하는 입장이므로 그녀는 일 못지 않게 패션에도 많은 신경을 써 옷 잘 입는 여성 CEO라는 평판도 자자하다. 그녀는 월급 총액의 10%는 무조건 자기 계발, 특히 외모 가꾸기에 투자해야 한다는 입장이다. 진정한 프로는 일만이 아니라 외모도 남들에게 늘 최고의 모습을 보여 주기 위해 노력해야 한다며 특히 여성은 머리와 화장과 옷, 이 세 가지에 꼭 신경써서 다니는 게 좋다는 쪽이다.

그녀의 이런 외모 관리는 순전히 프로로서 지키고자 하는 자기 관리의 하나일 뿐이다. CEO지만 가정주부라는 자기 관리를 위해 되

당당한 커리어우먼을 표현할 때 '시크(chic)'라는 단어가 가장 많이 애용되는데
시크를 규정하는 구체적인 3가지 요소는
'깔끔', '자신감', '신뢰감' 이다.

도록이면 저녁식사 약속을 잡지 않는 것으로 잘 알려져 있다. 유 사장의 이같은 면은 다시 말해 여성의 패션 또는 외모 관리가 비즈니스를 위한 여성 상품화가 아닌 프로우먼의 자기 관리라는 것을 대신 말해 준다.

첫인상은 매우 중요하다. 이때 가장 중요한 것은 눈에 보이는 시각적 이미지이고 다음은 언어다. 때문에 여성의 경우 패션과 화장, 헤어스타일 등이 한데 어우러진 깔끔하고 세련된 이미지는 상대를 잡아끄는 매력이며 첫인상에서 좋은 점수를 받으면 그 다음에 이어지는 업무적인 대화 또한 좀 더 쉽게 풀어나가게 된다. 단 프로우먼은 연예인처럼 화려한 스타일이거나 귀엽고 깜찍하며 소녀같은 이미지의 공주풍은 환영받지 못한다. 때문에 전문가들은 프로우먼으로서의 세련되고 깔끔하며 적당히 가볍지 않은 이미지를 드러내는 대표적인 스타일로서 아나운서 패션 스타일을 꼽는다.

당당한 커리어우먼을 표현할 때 '시크(chic)' 라는 단어가 가장 많이 애용되는데 시크를 규정하는 구체적인 3가지 요소는 '깔끔', '자신감', '신뢰감' 이다.

자신의 스타일을 점검해 보라. 아직도 소녀 냄새나는 레이스 달린 원피스나 배꼽티에 청바지를 즐겨입는 건 아닌지. 팔목과 귀 목 모든 곳에 액세서리가 정신없이 붙어 있는지, 화장은 너무 짙은 건 아닌지.

헤드헌터(head hunter)란 기업의 최고경영자·임원·기술자 등 고급·전문 인력을 이들을 필요로 하는 업체에 소개해 주는 소개업자를 가리키는 말로, 이런 일을 하는 회사를 '서치펌(search firm)'이라 한다. 한국에서는 1980년대 중반에 처음 소개되었으며, 1997년 9월 노동부가 연봉 20% 이내의 수수료를 받고 합법적으로 영업할 수 있도록 하여 다수의 업체들이 운영되고 있다.

패션어드바이스 화려한 색상이 혼합되었거나 무늬가 요란한 옷은 피해야 한다. 레이스나 리본 등이 많이 달린 옷은 단지 여성스러움만 드러내므로 자제하며 가슴과 등 부분이 많이 파인 상의나 미니스커트는 삼가해야 한다. 또 가슴이나 힙이 지나치게 드러나 보이는 몸에 붙는 스타일의 옷은 절대 안 된다. 액세서리는 여러 개 하지 말고 하나만으로 포인트를 준다. 화장은 한 듯 안한 듯 누드 화장을 하되 단점을 보완하는 쪽으로 하고 헤어는 단발이나 생머리 스타일을 추구해라.

아무리 바빠도
직접 해야 할 일이 있다

언제까지나 기다릴 거예요,
그것이 운명이라 해도…… 운명을 넘어서…… 영원히.
| 가을의 전설 |

　현대그룹 현정은 회장은 2년 연속 여름 복날에 지인과 임원들에게 삼계탕을 선물하여 매스컴의 화젯거리가 되었다. 현 회장은 외부 지인들에게는 '평소의 후원에 감사드리며, 가장 중요한 건강을 지금부터 열심히 챙기세요' 라는 내용이, 내부 임원들에게는 '무더운 여름에도 회사를 위해 일하시는 임원 여러분과 이들을 아낌없이 지원해 주는 가족들에게 감사 드린다' 는 메시지가 담긴 편지도 동봉했다.

　'복날 삼계탕' 이라는 선물 아이템을 선정하고, '축하 메시지' 를 위한 문구 작성은 바로 여성 CEO이기에 할 수 있었던 감성 경영이었던 것이다.

　성공하는 모든 사람들은 가까운 사람들부터 먼저 감동시킨다. 가까운 지인과 로열 고객들을 먼저 감동시키면 그 다음 마케팅은 저절로 되기 마련이다. 감동은 감성에서 시작된다.

　광고회사에 재직중인 이 모 부장은 회사 내에서 '전설' 로 통하는 세상은 사람과 사람이 만들어 가고, 인간 관계는 매우 중요한 역할을 한다.
비리를 위한 뇌물이 아니고 순수한 마음의 정을 표현하는 선물은 반드시 필요하다.

인물이다. 평소 성실하기로 소문이 난데다 거래처들과의 관계에서 조금도 흠잡을 데 없을 만큼 깨끗한 사람이다. 때문에 그녀에게는 돈봉투나 선물을 갖다 주면 거절당한다. 직장 생활에서 스스로를 철두철미하게 투명경영 한다는 입장이다. 그런 그녀도 한두 번 선물을 받은 적이 있다. 그것은 다름아닌 직원들의 아내가 직접 보낸 선물이다. 한 직원의 아내는 도박에 빠져 퇴근 후 곧장 집에 들어오지 않는 남편에게 충고를 해주어 이제는 도박을 하지 않게 되었다면서 그에 대한 고마움을 편지로 쓰고 시골에서 시부모님이 주신 참깨를 포장하여 함께 보낸 것이다. 또 한 번은 형편이 어려운 직원의 딸 대학 입학시에 자신의 돈을 금일봉으로 전했는데 4년 후 직원의 딸이 첫 월급을 타서 감사의 표시로 작은 선물을 보내온 것이다. 역시 감사하다는 편지와 함께.

여성들은 남성들에 비해 상대를 감동시키는 힘이 강하다. 여성 부장, 그리고 직원의 아내와 딸, 이들은 서로를 감동시킨 것이다.

남자에 비해 여성들의 감성은 몇 발 앞서가고 한결 따뜻하다. 때문에 조금만 신경을 쓰면 '여자이기에 더 잘할 수 있다'는 말을 실감케 한다.

나를 성공시키는 것은 내 능력만이 아니다. 내 주변의 모든 사람들이다. 아래 직원이 말을 안 듣고 대형 사고만 친다면 승진 과정에서 동료들에 비해 낮은 점수를 받게 된다. 리더십이 약한 것으로 평가받는 것이다. 평소 성격이 모나서 윗사람들과 사이가 좋지 않은 사람 역시 어느 사회에서든 남보다 성공이 빠를 수가 없다.

선물을 줄 때, 칭찬을 할 때, 도움을 요청할 때, 사랑을 할 때 감성의 힘을 적극 활용해라. 상사든 부하든 여성이든 남성이든 정성이 담긴 선물, 감동이 우러나오는 선물을 마다하는 사람은 없다. 마음이 담긴 몇 줄의 메시지에 사람들의 눈이 놀라는 게 아니고 가슴이 놀란다.

간혹 우리 주변에는 이런 사람들도 있다.

"나는 안 받고 안 주고 사는 게 속 편해."라고 말하면서 청렴결백하다는 입장이다. 과연 그렇게 사는 게 정답일까? 결코 그렇지 않다. 세상은 사람과 사람이 만들어 가고 인간 관계는 매우 중요한 역할을 한다. 비리를 위한 뇌물이 아니고 순수한 마음의 정을 표현하는 선물은 반드시 필요하다.

우리 자신 스스로를 생각해 보라. 다른 사람에게서 마음이 담긴 스카프, 스타킹 세트를 받았을 때 우리의 마음이 얼마나 뿌듯하고 좋았는지를. 디자인과 컬러까지도 마음에 쏙 드는 선물이었다면 그때 기분은 로또에 당첨된 것 못지 않게 뿌듯하고 날아갈 듯 기뻤을 것이다.

깔끔한 매너가
당신을 더 능력있게 만든다

비즈니스 미팅, 식사, 전화.

굳이 최고 경영자가 아닐지라도 직장을 다니거나 자영업을 하다 보면 이 세 가지는 늘 일에 따라붙는 요소들이다. 물론 이 세 가지는 친구나 연인 또는 주변 사람들과의 인간 관계에도 필요한 것들이지만 비즈니스나 업무시에는 매우 중요한 역할을 하므로 깔끔한 매너를 보여야 한다.

함께 식사를 하는데 맛이 없거나 배가 부르다고 해서 상대는 절반도 먹지 않았는데 수저나 포크를 내려놓거나 소리를 내며 음식을 먹는 것, 전화를 걸어서 자신이 하고 싶은 말만 전달한 뒤 일방적으로 끊어 버리거나 상대의 말을 다 듣지도 않고 도중에 자기 입장에 목소리를 높이는 것, 진지한 비즈니스 대화를 하는 중에 다리를 꼬거나 팔짱을 끼고 있는 행동 등등.

매너를 완전히 무시하는 이들이 가장 흔하게 범하는 행동이다. 우리가 사람을 만나다보면 성별에 관계없이 매너가 없는 사람들을 종

141

한 사람으로써 어떤 상황에서든지
최대한 매너있는 언행과 건강한 사고 및 습관을 유지해라.
같은 입장일지라도 깔끔한 매너를 유지하는 사람에게는
호감이 가고 실제 자신이 갖고 있는 능력 이상의 좋은 평가를 받게 된다.

종 보게 되는데 이들의 공통점은 자신이 한 언행에 대해 특별히 문제가 있다거나 그릇된 것임을 깨닫지 못한다는 것이다. 이는 경험의 부족에서 나오기도 하고 개인의 인성 문제로 인해 드러나기도 한다.

그런가하면 매너가 없는 여성들이 자주 범하는 매너없는 언행은 상대가 진지하게 말하는데도 자신의 감정만 충실하여 불편한 표정을 그대로 드러내거나 도중에 말을 끊어버리고 감정 섞인 큰소리로 말하는 경우, 음식을 먹는 도중 자신이 싫어하는 재료를 빈 그릇에 가려내는 경우, 미팅 도중에 걸려온 전화를 받으며 수다를 떠는 경우, 단체 활동에서 이런저런 핑계를 대며 자기 나오고 싶을 때만 나타나는 경우, 식사 비용은 당연히 남자측이 계산해야 한다는 생각을 갖는 경우 등이다.

비즈니스 때나 직장에서 또 단체나 모임 활동에서 매너를 지키고 갖는 것은 자신의 얼굴과 이름을 가꾸는 것이나 다름없다. 애인이나 가족 또는 친구라면 문제없이 넘어갈 수도 있는 일이지만 사회 활동에서는 그렇지 않다.

"S의류 김부장 그 사람은 자기 말만 하고 남의 말은 들을 생각도 안하더군."

"D기획사 이사장 있잖아. 아니 아무리 여자라고 해도 그렇지 사장이면 사장답게 굴어야지. 자기 혼자만 여자라고 해서 다 함께 계산하는 식대까지 안내는 것은 좀 그렇지 않아. 한두 번이 아니잖아."

"김○○ 씨는 차라리 탈퇴했으면 좋겠다니까. 애들 때문에, 남편 때문에, 집안일 때문에 늘 그런 식으로 핑계 대며 참석하지 않으려면 모임에는 왜 가입했는지 알수가 없어."

다른이들로부터 이런 식의 뒷얘기가 나오는 사람이라면 스스로 반성을 해보아야 한다. 사회 활동을 하면서 '나는 여자니까', '홍일

점이니까', '나이가 어리니까', '결혼한 여성이니까' 등등의 자기 입장, 자기 위주의 사고방식대로 행동하는 일은 결코 많은 이들로부터 '괜찮은 사람', '밥 한 끼 같이 먹고 싶은 사람'으로부터 멀어져 갈 수밖에 없다.

물론 아직까지 이 사회는 여자들에게 주어진 일종의 슈퍼우먼 같은 역할을 모른 척하고 있다. 가정에서는 아내로서, 엄마로서 역할을 제대로 해야 하고, 회사에서는 다른 사람들과 함께 경쟁해야 하는 어려움이 있는 것은 사실이다.

그러나 지금까지 하나하나 변화시켜 왔듯이 앞으로도 변화는 되어갈 것이다. 그 속에서 여성들은 자신의 능력을 평가받는 것이다.

여성이여! 한 사람으로써 어떤 상황에서든지 최대한 매너있는 언행과 건강한 사고 및 습관을 유지해라. 같은 입장일지라도 깔끔한 매너를 유지하는 사람에게는 호감이 가고 실제 자신이 갖고 있는 능력 이상의 좋은 평가를 받게 된다.

1%의 빈틈은
인간적인 매력이다

"김과장님, 회식비 영수증 주신 거 구겨지고 너무 지저분해요."

"유부장님, 저희가 2015개 보냈는데 결재 금액은 2000개만 하셨네요."

영수증 좀 구겨졌다고 해서 전화를 걸어 불만을 드러내는 경리과 여직원, 개당 100원씩 하는 제품 20015개 중 20000개만 계산을 했다고 따지고 드는 여자 과장을 상대하는 거래처 남성들은 숨 막힌다는 말을 절로 내뱉는다.

매사에 정확하고 깔끔하게 업무 처리를 하는 것은 칭찬할 만한 일이다. 하지만 사람은 누구나 실수를 할 수 있으며 서로 성격이 다른 이상 나와 똑같을 수는 없다. 때로는 상대가 작은 실수를 하거나 자신이 원하는 만큼 깔끔하게 일처리를 못했다 할지라도 한두 번은 눈감아주고 넘어가는 여유는 필요하다. 매사에 너무 완벽하고 치밀하여 빈틈이 없는 사람들의 경우 그를 인간적으로 좋아하는 사람은 드물다. 사람에게는 1% 빈틈이 있을 때 다른 사람들로 하여금 가까이

사람들은 애인, 직장 동료, 아내, 친구, 거래처 직원 등등 누구를 막론하고
그들이 100% 완벽한 인간이기보다는
1%만이라도 단점이 있거나 부족함이 있는 사람일 때
상대를 편안하게 생각하고 가까워진다.

다가설 수 있는 틈이 생긴다.

H사에 여자 부장이 있었다. 그런데 그녀의 성격은 그야말로 철두철미하여 단 한 번도 실수를 하는 일이 없었다. 책상도 언제나 깔끔하게 정리가 되어 있어야 하며 부하직원들이 결재서류를 제출할 때는 불필요한 점 하나도 있어서는 안 될 정도여서 같은 부서 내 직원들 중 그 누구도 부장을 인간적으로 가까이 하고자 하는 사람이 없었고 부장이 있을 때는 숨 막히는 생활을 하고, 없으면 기회다 싶어 부장을 흉보는 일이 많았다. 부장은 직장 내 모든 것에서 완벽을 추구했듯이 이성을 만나도 같은 것이라고 생각했다. 때문에 맞선을 보게 되면 옷차림, 말투, 행동 그 어느 부분에서도 단 한 치의 실수나 부족함이 없도록 행동했다. 하지만 선을 본 후 상대 남성들로부터 애프터 전화를 받지 못했다고 한다. 이유는 지독할 만큼 완벽한 것이 문제였던 것이다.

사람들은 애인, 직장 동료, 아내, 친구, 거래처 직원 등등 누구를 막론하고 그들이 100% 완벽한 인간이기보다는 1%만이라도 단점이 있거나 부족함이 있는 사람일 때 상대를 편안하게 생각하고 가까워진다. 때문에 때로는 다소 어슬픈 듯한 미소나 긴장한 나머지 말을 몇 마디 더듬는 것, 또 어느 부분에 대해서는 잘 모르는 것 자체가 상대를 편안하게 해주고 가까이 다가설 수 있는 빈틈을 주게 되는 것이다.

인터뷰를 많이 하는 기자들의 경우 유명 연예인이나 성공한 여성들도 알고 보면 나름대로 빈틈이 많다는 사실을 잘 알고 있다. 매스컴을 통해 만나는 그녀들은 한 치의 빈틈도 없이 완벽해 보인다. 하지만 그녀들을 직접 만나 두세 시간 동안 대화를 나누고 차를 마시거나 식사를 하다 보면 "어 이 사람에게 이런 면도 있었네."라며 놀라게 된다. 이를 테면 뛰어난 미모를 자랑하는 여배우라서 그녀는 먹는 것도 다 고급스럽고 비싼 곳만 가는 줄 알았는데 알고 보니 떡볶이, 순대 파는 포장마차에서 친구들하고 수다 떨면서 먹는 것을 좋아하고, 된장찌개는 거의 매일 먹다시피하며 피곤한 날에는 세안도 안하고 그냥 잠자리에 든다는 것이다.

이런 경우 기자들은 상대와 한결 더 가까워지며 기사 쓸 때 단어 하나라도 더 인간적이고 정감 가는 표현으로 그녀를 소개하게 된다.

공과 사는
철저하게 구분지어라

난 비록 죽으면 쉽게 잊혀질 평범한 사람일지라도
마음과 영혼을 바쳐 평생 한 여자를 사랑했으니 이것만으로 충분합니다.
| 노트북 |

체인사업을 이끄는 A이사가 알고 있는 인테리어업체 B실장은 사업과 관련된 대화나 협상을 할 때에는 그야말로 완벽한 사람이다. 단 한 번도 약속을 못 지킨 적이 없을 만큼 일에 있어서 정확하며 절대 가격을 낮추는 일이 없다. 하지만 작은 부분이라도 하자가 있으면 자신의 잘못을 인정하고 밤을 새워서라도 작업을 시켜 깔끔하게 뒤처리를 한다. 일이나 행동뿐만이 아니라 말 역시 농담으로 비집고 들어갈 틈을 전혀 주지 않는다. 이런 B실장을 두고 A이사는 '바늘로 찔러도 피가 안나올 여자' 라는 생각을 하곤 했다.

3년 넘게 B실장과 비즈니스 파트너십을 이어왔지만 A이사는 단 한번도 B실장과 식사를 해본 적이 없다. B실장이 워낙 빈틈없이 깔끔한 성격인데다 여성이기에 적잖게 조심스러웠기 때문이다. 그런데 어느 날 B실장으로부터 식사 초대를 받았다. 게다가 장소는 상대의 집이었다. 다른 직원 두 명과 함께 B실장의 집으로 간 A이사는 너무도 놀랐다.

149

일과 사랑, 그리고 가족을 연계시키면
일에서의 효율성은 당연히 떨어지고 언젠가는 문제가 발생하게 된다.
자칫하면 두 마리 토끼를 동시에 잃을 수도 있다.
프로는 프로다워야 한다.

남편을 소개해 주고 직접 음식을 만들어 내오고 자녀들과 나누는 대화 등에서 그녀는 B실장이 아닌 아주 부드럽고 따뜻한 아내이자 엄마였다. 게다가 직접 술잔을 건네면서 고향, 학교 이전의 사회 활동 등에 대해 이야기 보따리를 풀어놓는 그녀의 행동은 성격 좋고 화끈한 스타일의 여성 그 자체였다.

일에서는 전문 직업인으로서 완벽하고 깐깐한 B실장이었지만 일을 떠나서는 인정이 넘쳐나며 부드럽고 또 소탈한 여자였던 것이다.

일할 때는 프로정신을 가진 파트너로서 성별과 나이를 떠나 한 사람의 전문가로서 자기 일에 열정을 쏟지만 일을 떠나서는 성격 좋고 가슴 따뜻한 여성으로서 살아가는 B실장. 그녀야말로 비즈니스라는 공적인 영역과 가정이라는 사적인 공간에서 각각 자신의 역할과 자기 관리에 철저한 수퍼우먼의 대표적인 예다.

인간에게는 감정이란 것이 살아 숨쉰다. 하지만 때와 장소에 따라서 자신의 감정은 스스로 조절해야 한다. 자기 감정 관리를 잘못할 경우 공과 사를 구분하지 못하는 사람, 능력 없는 사람으로 낙인찍히기 십상이다.

여성 직장인이라고 치자. 그녀가 같은 대학 출신의 후배가 입사했다고 해서 다른 신입사원들과 차별화된 대우를 하는 것, 부하 직원에게 서점에 가서 자신의 자녀 학습서를 사오라고 시키는 일, 영업적 성과를 위해 야간에 거래처 사장의 식사 초대에 응하는 것, 파트너십을 맺은 상대 회사에 납품한 제품에 하자가 생기자 이를 눈물 몇 방울로 사정하여 넘어가고자 하는 일 등등 공적인 일에 개인적인 입장이나 감정을 개입시킨다면 장기적으로는 자기 자리를 지키지 못하는 결과를 초래하게 된다.

모 대기업 바이어팀에 근무하는 팀장이 있다. 그런데 그의 말에

의하면 미모의 한 대졸 여직원이 입사를 했는데 그가 지켜본 결과 그녀는 자신이 하기 어려운 일이 있을 때마다 자신에게 관심을 두고 있는 동료 남자 직원에게 시켜서 대신 처리하더란다. 이에 보다 못한 팀장은 열심히 일 잘하는 남자 직원까지 잃고 싶지 않아 그녀를 아예 다른 지점으로 발령을 냈다고 한다.

일은 일이고 사랑은 사랑이다. 그리고 가족은 가족인 것이다. 일과 사랑, 그리고 가족을 연계시키면 일에서의 효율성은 당연히 떨어지고 언젠가는 문제가 발생하게 된다. 자칫하면 두 마리 토끼를 동시에 잃을 수도 있다. 프로는 프로다워야 한다. 일을 할 때는 일 한 가지에만 미친 듯이 매달려 능력을 발휘하고 열정을 쏟아 성과를 드러내야 한다.

눈물 없는 독한 여자는 환영받지 못한다.

사실 가난은 수치가 아니다. 그러나 결코 대단한 명예도 아니다.
| 지붕 위의 바이올린 중에서 테비에의 대사 |

"눈물 같은 거 없어. 이 치열한 경쟁 사회에서 살아남으려면 눈물 따위는 사치지."
라고 말하는 여성들이 있다.

"나 저렇게 독한 여자는 처음 보았다니까. 완전히 독종이야. 사람 냄새라고는 느낄 수가 없더라고."
라며 누군가에 대해 치를 떠는 남자들도 있다.

사업가든, 스포츠 스타든, 전쟁의 영웅이든 공통점은 인간 이라는 점이다. 인간의 가장 아름다운 모습은 인간적인 미 (美)를 보여 줄 때이다. 자신의 직업이나 지위가 높거나 특별하 다고 해서 일을 할 때처럼 일상에서도 똑같은 모습을 보여 준다면 누구에게든 환영받지 못한다. 여성이기 때문에 늘 여성적인 부드러 움과 연약함을 무기로 삼는다면 상대방으로 하여금 짜증나게 하는 일이 되지만 지나치게 강한 척 독한 척으로 일관하는 것 또한 그다 지 권장할 만한 것은 아니다.

153

여성이여! 당신의 감성 온도는 지금 몇 도인가?
20도 이하의 서늘한 온도라면 조금 더 온도를 올려라.
훈훈한 느낌이 나도록.

이를 테면 이런 경우다. 두 명의 여성 CEO가 있다. 그녀들은 평소 남성 못지 않게 강한 투지와 빈틈 없는 자세로 일을 처리하여 직원들이나 주변 사람들에게 '대단한 여자'로 통한다.

어느 날 부하인 영업부장의 아내가 교통사고를 당했다. A라는 CEO는 일이 너무 바빠서 간단히 문상만 하고 돌아왔고 며칠 후 출근을 하는 부장에게 "이 부장 현실은 현실입니다. 마음은 아프겠지만 이번 달 우리 회사 목표가 불안하니 영업부가 좀더 전력 투구해 주었으면 해요."라고 말했다. 이 여성 CEO의 말을 들은 부장의 심정은 과연 어떨까?

B라는 CEO는 달랐다. 바쁜 일 접어두고 직원들과 함께 빈소로 찾아가 밤을 새워가며 슬픔을 함께 했고 이제 초등학교 4학년인 부장의 아들을 보는 순간 너무도 불쌍하고 마음이 아파서 엄마처럼 아이를 끌어안으며 눈물을 보였다. 어디 이뿐일까. 장례식을 치르고 출근한 이 부장에게 저녁 시간 좀 내달라고 했고 퇴근 후 이 부장과 함께 저녁 겸 술 한잔 하면서 "사람 사는 일 뜻대로 안 되는 거 같군요. 너무 상심하지 마세요. 그나 저나 아이가 문제네요. 방과 후에는 누가 돌봐 줄 사람이 필요할 텐데 문제는 없나요. 정리할 일이 남았거나 마음적으로 힘드시면 한 일 주일 더 쉬었다가 출근해요." 라며 이 부장의 손을 잡고 위로를 해주었다.

CEO와 부장 사이지만 슬픈 일 힘든 일 겪을 때는 회사일과 무관하다 하더라도 누나처럼 친구처럼 상대를 감싸 주고 위로해 줄 줄 아는 B와 완벽하게 현실적인 면만을 추구하는 A 중 직원들은 누구에게 신뢰를 갖고 인간미를 느낄까. 두말할 나위 없이 B일 것이다. 기업이든 조직이든 사람에 의해 움직여진다. 직원들을, 동료들을, 주변 사람들을 내 사람으로 만들고 그들에게 특별하고 부담스러운 존재가 아닌 편안하고 푸근하고 기대고 싶은 존재가 되려면 인간적이어야 한다.

현대 기업들 중에는 사장실 문이 늘 열려 있는 회사, 사장이 노래하고 직원들이 악기를 연주하는 사내 보컬팀을 만든 회사, 사장을 사장님이라고 부르지 않고 영문 닉네임인 '토마스'라고 부르는 회사, 직원 부인의 생일날 사장이 케익과 꽃을 준비하여 직원들 가정을 방문하는 회사, 사장 부인이 김치를 담아 직원들에게 나눠 주는 회사 등등 직원들과 사장의 간격을 좁히고 상호 인간적인 정을 쌓고자 노력하는 CEO들이 한둘이 아니다.

열린 문화, 인간애가 넘쳐나는 문화, 커뮤니케이션이 잘 통하는 문화를 만들고자 기업들이 노력하는 시대이니 여성 CEO라면 오히려 유리한 입장이 아닐까.

굳이 CEO가 아니더라도 어떤 분야에서든지 여성이기에 오히려 여성만의 감성을 한껏 발휘하거나 접목시키면 같은 입장의 남성에 비해 더 좋은 결과를 얻을 수 있다. 방송에서 MC로 활동하는 여성들 중에는 서민들의 아픔이나 가족간의 이별과 만남 등을 테마로 한 프로그램를 맡아 출연자들의 애틋한 사연과 극적인 만남 등에 함께 울고 함께 안쓰러움을 표하면서 프로그램의 진가를 높여 놓는 이들도 있다. 그녀들은 자신만의 감성을 일에서 한껏 풀어놓기 때문이다.

외국의 대표적인 여성이 오프라 윈프리라면 국내 방송인으로서는 이금희 씨가 단적인 예다. 이금희, 그녀는 차분하면서 정 많고 인간적인 자신의 여성성을 그대로 드러냄으로써 시청자들로 하여금 호감을 얻고 해당 프로그램이 인기를 얻는 데 큰 역할을 하고 있다. 출연자들과 함께 울고 웃고 정겹게 대화를 나눈다. 만일 이금희 씨

156

의 역할을 남자 MC가 맡았다면 시청자들의 가슴을 울리지는 못했을 것이다.

여성이여! 당신의 감성 온도는 지금 몇 도인가? 20도 이하의 서늘한 온도라면 조금 더 온도를 올려라. 훈훈한 느낌이 나도록. 만일 당신의 감성 온도가 영하로 내려갔다면 그것은 당신을 정말이지 피도 눈물도 없는 독한 여자로 몰고 가는 일이니 가슴속 뜨거운 액체로 온도를 높여야 할 것이다.

성공한 여성들이 성공하려는 여성들에게 들려주는 한 마디

1. 자신의 장점을 세상에 알려라. 자기 자신이 동의하지 않는다면 세상 그 누구도 여러분에게 열등감을 느끼게 만들 수 없다.

2. 매일 수입을 높이기 위해 무언가를 계획한다.

3. 강하고 뛰어난 여성은 누가 보지 않아도 만인이 쳐다보고 있는 것처럼 행동한다.

4. 저축하라. 저축을 하면 여러분 안에 잠재된 위대함을 입증할 수 있다.

5. 임금 협상을 할 때는 기대 이상을 요구한다.

6. 현재의 임금이 마음에 들지 않으면 회사를 떠날 준비를 하라.
   그것이 협상에서 써먹을 수 있는 최후의 카드이다.

7. 창조력을 개발하라. 일을 처리하고 문제를 해결할 수 있는, 더 뛰어나고, 더 빠르고, 더 새롭고, 더 효과적인 방법을 찾아라.

8. 문제를 피하지 마라. 문제가 해결되면 당장 더 큰 다른 문제를 찾아라. 기업은 문제 해결력이 뛰어난 사람을 키운다.

9. 사람들은 맡겨진 프로젝트를 빠른 시간 안에 처리하는 여성을 능력 있다고 생각한다.

10. 면담을 하고 난 후에는 짤막한 감사의 편지를 보내라. 짧은 인사 한 마디가 때로는 결정적인 역할을 한다.

11. 다른 사람보다 더 많은 시간과 에너지를 투자하라. 회사가 여러분에게 기대하는 것 이상을 쏟아 부어라. 회사의 결정권자들이 지켜보고 있다.

12. 여러분의 상사는 가장 중요한 첫 고객이다.
    상사를 만족시키려면 어떻게 해야 할지 항상 자문하라.

13. 현재의 직업이 아니라 여러분이 원하는 직업에 맞게 옷을 입어라. 사장은 자기처럼 옷을 입는 사람을 지원한다.

14. 여러분이 여성이라는 사실을 남들 앞에서도 또 자신에게도 핑계거리로 삼지 마라.

15. 상사에게, 동료에게, 회사에, 그리고 자신의 일에 성실하라. 누군가 늘 귀 기울여 듣고 있다.

16. 아무리 좋은 충고도 그 일을 좋아해야 받아들이고 지킬 수 있다. 여러분이 좋아하는 일을 찾아라!

17. 자기가 한 일의 가치를 스스로 낮게 평가하면 세상도 그 가치를 낮게 평가한다.

일탈을
즐겨라

종업원 100명이 넘는 탄탄하고 잘나가는 중소기업을 이끄는 모 대표이사는 낚시를 가장 좋아한다. 해외 출장이나 회사에 급한 일이 없는 한 일요일에는 낚시를 즐긴다고 한다. 개인사업을 하던 시절 지금의 효자 노릇을 하는 아이템을 찾은 것도 낚시를 하면서다. 사업 전략을 구상하는 일도 낚시터에서 주로 이루어진다.

외국기업의 부장급 간부로 일하는 30대 후반의 여성은 스트레스를 받을 때면 으레 재래시장을 찾아간다. 5천 원짜리 덤핑 의류도 사고 순대도 사먹으면서 시장사람들의 모습을 유심히 지켜보노라면 자신이 안고 있는 스트레스가 얼마나 사치스러운 것인지 깨닫게 된다는 것이다.

프리랜서로 일하는 어떤 친구는 상상을 초월하는 일을 자주 벌인다. 아침에 전화통화를 했는데 저녁 때가 되면 부산 해운대에서 술을 마시고 있다거나 며칠 소식이 없어 전화를 걸면 일하다가 너무 지쳐서 혼자 찜질방에 가서 3일 동안 자고 목욕하고 게임하며 먹고

160

싶은 것 사먹고 그러면서 많은 생각도 하고 자유도 느낀단다.

책상 앞에 아무리 앉아 있어도 신선하고 새로운 아이디어는 쉽게 떠오르지 않는다. 고민이 있다고 해서 그 생각만 곱씹어가며 하는 것은 오히려 스트레스만 더할 뿐이다.

가끔씩은 일탈을 즐길 필요가 있다. 전혀 생각지도 못했던 일을 저지르는 재미(?)야말로 몸과 마음을 새로운 세계 속으로 데리고 간다. 그 일탈이 자신의 삶에 한 점 흑으로 남게 되거나 상처로 남는 일만 아니라면 일탈은 꽤 쓸 만한 짓이 아닐 수 없다.

하지만 많은 사람들이 일탈을 두려워한다. 하루 이틀 자신의 자리를 비운다고 해서 회사가 무너지는 것도 아니고 가정이 파괴되는 것도 아니다.

그럼에도 불구하고 사람들은 너무 많은 생각과 걱정을 한 나머지 일탈을 꿈꾸기만 할 뿐 현실로 만들지 못한다. 일탈을 꿈꾸고 있다면 그 다음은 단순해져야 한다. 단순하게 여기지 않으면 결코 일탈을 할 수가 없기 때문이다.

갑자기 밤 기차를 타고 먼 곳으로 떠나는 것, 오랫동안 연락을 못했던 친구의 회사 근처에 가서 퇴근 후 술 한 잔 나누는 것, 시골의 전통 5일장을 찾아가는 일, 하루 이틀 휴가를 내고 핸드폰을 집에 둔 채 배낭 하나 메고 도시의 유명한 거리들을 돌아다니며 철저히 혼자라는 자유로움에 빠져드는 것, 조용한 산사에 들어가 며칠간 파묻혀 지내는 것 등등.

일탈은 새로운 경험과 자유, 그리고 새로운 상상과 아이디어를 던져 준다. 여기에 일탈이 갖는 중요한 의미가 한 가지 더 있다. 성격의 변화다. 사소한 것에 연연하고 작은 일에도 조바심을 내는 성격의 소유자라면 일탈로 인해 보다 대범한 성격의 소유자로 변한다는 것

161

일탈은 새로운 경험과 자유,
그리고 새로운 상상과 아이디어를 던져 준다.
여기에 일탈이 갖는 중요한 의미가 한 가지 더 있다. 성격의 변화다.
사소한 것에 연연하고 작은 일에도 조바심을 내는 성격의 소유자라면
일탈로 인해 보다 대범한 성격의 소유자로 변한다는 것이다.

이다.

이는 다시 말하면 일을 저지를 줄 아는 사람으로 변신시켜 준다는
얘기다.

약한 자에게는
여자의 가슴으로 다가서라

삶을 하나의 무늬로 바라보라.
행복과 고통은 다른 세세한 사건들과 섞여 들어
정교한 무늬를 이루고 시련도 그 무늬를 더해 주는 재료가 된다.
그리하여 최후가 다가왔을 때 우리는 그 무늬의 완성을 기뻐하게 되는 것이다.
| 아메리칸 퀼트 |

    우리 사회는 경쟁 사회다. 능력 있는 사람이 경쟁에서 살아남고 먼저 성공하기 마련이다. 때문에 학교에서부터 시작된 경쟁은 직장에서도 사업 세계에서도 치열한 경쟁으로 이어진다. 이같은 경쟁 사회는 때로는 '냉혹한 사회', '인정 없는 세상'이라는 말을 만들어 내기도 하지만 비정상적인 방법이 아닌 정도(正道)를 통한 성공이나 선의의 경쟁을 통한 승리는 당연한 결과로 인정받는다.

    현실이 이렇다보니 성공한 사람, 부자가 된 사람, 높은 지위와 명예를 얻은 사람들은 한결같이 능력 있고 힘이 강한 사람으로 인식되기 마련이다. 다만 같은 성공 인물이라 할지라도 존경받는 이가 있는가하면 그렇지 못한 이가 있다는 사실이다. 기업가든 정치인이든 학자든 자기 분야에서 성공했다면 많은 이들로부터 존경받고 인정받아야 하지만 그렇지 못한 이들이 적지 않은 게 현실이다. 이들의 공통점은 비리를 저지르지 않은 이상 단 한 가지 강한 자에는 약하고 약한 자에게는 강한 방법이나 태도를 취한다는 것이다. 특히 약

164

자를 사랑하지 못하는 이들인 경우가 많다.

학자는 선배 학자에게 돈을 주고 교수자리를 사고, 경제인은 정치인에게 뇌물을 바치고 보다 유리한 기업경영 혜택을 입고, 정치인은 선배 정치인의 손발이 되어가며 떠받들면서 그 끈을 잡고 올라가며, 법조인은 권력이나 재력 있는 자들에게는 가벼운 처벌을 했다. 이것이 아직도 깨끗이 정리되지 않고 온갖 비리가 난무하는 우리 사회의 자화상이다.

교수가 가난한 고학생을 챙겨서 그가 사회의 일꾼이 되도록 이끌어 주고 경제인이 재산을 사회에 환원하거나 봉사에 힘쓰고 정치인이 나라를 위해 목숨 거는 일은 찾아보기 어렵다. 법조인이 가난하고 힘든 이들을 위해 자청하고 변호를 나서는 일도 흔치 않다. 모든 성공한 사람들이 똑같은 것은 아니지만 적지 않은 이들이 자신의 더 큰 욕망을 채우고자 어렵고 힘든 약한 자들을 끌어안기보다는 우선 당장 자신에게 곶감을 줄 사람들에게 아부와 아첨을 한다. 이런 현실이 사실이 아니라면 우리나라는 적어도 비리와 부정부패 인식지수에서 최소한 20위권 이내에는 들었어야 할 것이다.

지난 2005년 국제투명성기구(TI)가 발표한 올해 국가별 부패인식지수 조사에서 우리나라가 159개 국가 가운데 40위를 차지했다. 작년 47위에서 7계단 뛴데다 1996년 이후 10점 만점에 5.0점대에 재진입한 것이다. 하지만 홍콩, 일본, 대만, 말레이시아 등 주요 아시아 국가에 뒤지며 OECD 30개 가입국 가운데 22위에 그친다.

이같은 자료 앞에서 떳떳하게 "나는 깨끗하다"라고 말할 수 있는 기업인, 정치인이 과연 몇 명이나 나올지는 의문스러운 일이 아닐 수 없다.

그나마 다행스러운 일은 성공한 남성들에 비해 성공한 여성

남자보다 더 섬세한 감성으로 따뜻한 가슴으로 끌어안아라.
아랫사람들, 약한 자들을 끌어안을 때 당신은
이 사회가 진정으로 존경하는 성공 여성이 될 것이다.

들이 보다 청렴결백하다는 것이다. 이는 모든 분야에서 여성들의 새로운 도전과 비전을 기대하게 한다. 또 청렴결백한 사고와 행동에 한 가지 더 약한 자를 사랑하는 마음이 곁들여진다면 진정으로 많은 이들이 존경하는 성공 인물이 될 수 있다는 데 의문의 여지가 없다.

여성이여!

당신이 기업인이라면 매출 극대화를 위해 소리를 높이는 동시에 직장에서 가장 어려운 처지에 있는 직원을 생각하고 도와라. 당신이 정치인이라면 국회의사당 책상과 골프장만 오갈 일이 아니라 지역구 주민들과 더 많은 시간을 갖고 그중에서 어려운 사람들의 목소리를 찾아내고 들어라. 당신이 기업의 간부라면 당신 부서 직원들의 애로점을 찾아내고 당신 부하의 가정에 어려움은 없는지 챙겨라. 고급공무원이라면 책상에만 앉아 있지 말고 민원접수 창구에 가서 그들의 소리를 듣고 그들과 대화를 나눠라.

언젠가 약한 자를 가슴에 끌어안는 아름다운 기업인의 얘기가 있었다. 여성 기업인은 아니지만 직원의 어려운 처지를 자신의 가족처럼 여기고 특별한 사랑을 베푼 사장의 이야기다. 성실아이종합건설 김병보 사장은 현장 소장으로 근무하고 있는 한 직원의 아들이 신부전증을 앓고 있다는 안타까운 사연을 알고 직원 아들에게 자신의 신장을 기증했다. 이런 사장이라면 어떤 직원이든 몸바쳐 일하지 않을 수 없을 일이다.

여성이여!

남자보다 더 섬세한 감성으로 따뜻한 가슴으로 끌어안아라. 아랫사람들, 약한 자들을 끌어안을 때 당신은 이 사회가 진정으로 존경하는 성공 여성이 될 것이다.

부패지수(corruption perceptions index)란 국제투명성기구(TI)가 매년 발표하는 국가별 부패지수를 말한다. 국제적인 부패감시 민간단체인 국제투명성기구(TI : Transparency International)가 1995년부터 매년 1회씩 발표하는 국가별 부패인식지수로, 영문 머리글자를 따서 'CPI'로 부른다. 세계은행(IBRD) 등 7개 독립기구가 실시한 국가별 공직자의 부패 정도에 관한 설문조사를 종합 분석해 평가한다.

샴페인은
천천히 터뜨려라

벚꽃처럼 잠시 화사하게 피었다가 한순간에 질 것인가? 아니면 난처럼 꽃은 화려하게 피우지 않아도 늘 신선하고 청초한 마음을 유지하며 살아갈 것인가?

요즘 우리 사회를 보면 벚꽃 같은 사람들이 적지 않다. 연예인, 벤처사업가 등등. 연예인들의 경우 직업 특성상인지 한순간 스타로 군림하다가 소리없이 사라져 버리는 일이 비일비재하다. 40년, 50년을 오직 한 길 가수, 탤런트로 꾸준히 이어가기란 결코 쉬운 일이 아닐 것이다. 하지만 적어도 어떤 일이든 장인정신을 갖고 시작했다면 벚꽃처럼 피었다 한순간 떨어지는 일은 없을 것이다.

전 세계 61개 국 여성 경제인들의 비즈니스 축제인 2006 세계여성경제인 서울총회가 4월 30일부터 5월 3일까지 아시아에서 최초로 한국에서 열렸다. 총회에서 프린세스 주얼리 오분희 대표와 한복 디자이너 이영희 씨가 우수 여성기업인으로 선정되었다.

프린세스 주얼리 오분희 대표는 28년이라는 오랜 세월 동안 보석

169

철학이 있는 사람들은 오늘의 성공을 성공이라 말하지 않는다.
더 큰 내일을 기다리며 샴페인의 뚜껑을 열지 않는다.

전문 브랜드로서 전통을 유지해 온 여장부로 주얼리 매장 9개를 거느리고 있다. 이익을 따지는 장사보다 보석에 대한 애정과 관심 때문에 평생을 바쳐 일해 왔다고 한다.

지난 1979년 롯데백화점 창립과 함께 입점한 브랜드로 지난 28년간 한결같은 이미지를 고집한 오 사장은 남 앞에 드러내는 것보다 묵묵히 자신의 길을 걷고자 했던 덕분에 프린세스 주얼리는 대중적인 브랜드가 아닌 명품 브랜드로 통한다. 최고급을 지향하는 게 자신의 자부심이며 '안 팔리더라도 이 제품들은 모두 내 재산이다'는 생각으로 하나하나를 만들었다고 한다.

한복 디자이너 이영희 씨는 단순히 디자이너라 부르기엔 지명도에 비해 다소 약하다는 느낌이 들 정도의 글로벌 패션 디자이너다. 1986년 프랑스에서 개최한 패션쇼 이후 세계 복식사전에 '한복'이란 공식 복식 용어를 등장시켰고, 고집스러울 만큼 한복을 세계에 소개하는 데 열정을 바쳐온 인물로, 올해 나이 72살인 그녀는 장장 50여 년을 패션 한 길만 걸어온 셈이다.

프랑스인들은 이영희 씨의 한복에 대해 아름답고 부드러운 선과 오묘한 색의 조화가 어우러진 '바람의 옷'이라는 애칭을 선물하기도 했다. 1993년부터 한복이 아닌 기성복으로 파리 컬렉션에 첫 발을 디딘 이후 지금까지 줄곧 국내외 컬렉션을 통해 한국 패션의 세계화에 일조를 기해왔다. 국내 패션 디자이너 최초로 홈 컬렉션 '메종 드 이영희'를 런칭해 미국과 유럽 백화점에서 호평을 받고 있는 이씨는 패션이란 '생활에서 자연스럽게 우러나와야 한다'는 디자인 철학을 고수한다.

이렇게 성공한 여성들도 함부로 "나는 성공했으니 이젠 쉬어야겠다."거나 "나는 최고이니 더 바랄 게 없다."고 말하지 않는다. 늘 다음을 위한 새로운 준비에 열정을 불사른다.

　조금 잘된다고 해서 매스컴을 통해 인기가 좋다고 해서 얼굴장사(?)를 하려 들지 말아야 한다. 또 간부가 되었다고 해서 눈높이만 올리고 생활해서는 안 된다. 철학이 있는 사람들은 오늘의 성공을 성공이라 말하지 않는다. 더 큰 내일을 기다리며 샴페인의 뚜껑을 열지 않는다.

잘 될수록
겸손해라

그리움을 놓지 않으면 꿈은 이루어집니다.
| 철도원 |

   '벼는 익을수록 고개를 숙인다'는 말이 있다. 기업이 잘 된다고 해서 자신이 전문가로서 대외적으로 인정을 받는 인물이 되었다 하더라도 고개를 치켜 세우거나 잘난 척하고 나대는 일은 자칫하면 자기 얼굴을 깎아 먹는 일이 된다.

   사람들은 능력이 뛰어난 두 사람이 있을 경우 말이나 행동에 있어서 자신감을 드러내며 나서는 사람보다는 겸손한 자세를 보여 주는 사람에게 관심과 찬사를 보낸다. 이유는 한 가지다. 겸손하지 않은 사람들은 자기 잘난 맛에 빠져들며 그 정도가 심하면 타인들로 하여금 상대적 빈곤감을 느끼게 하며 성공이라는 타이틀을 잡은 사람으로서 가볍다는 느낌이 들게 하기 때문이다.

   사람은 잘 되면 잘 될수록 자기 관리에 신경을 쓰지 않으면 안 된다. 사법고시에 패스한 사람이 어느 날 동창을 보고 그냥 지나쳤다고 치자. 설령 자신은 다른 생각을 하느라 지나쳐간 사람이 동창생인 줄 몰랐을 수도 있다. 하지만 상대는 생각을 달리한다. 이를

173

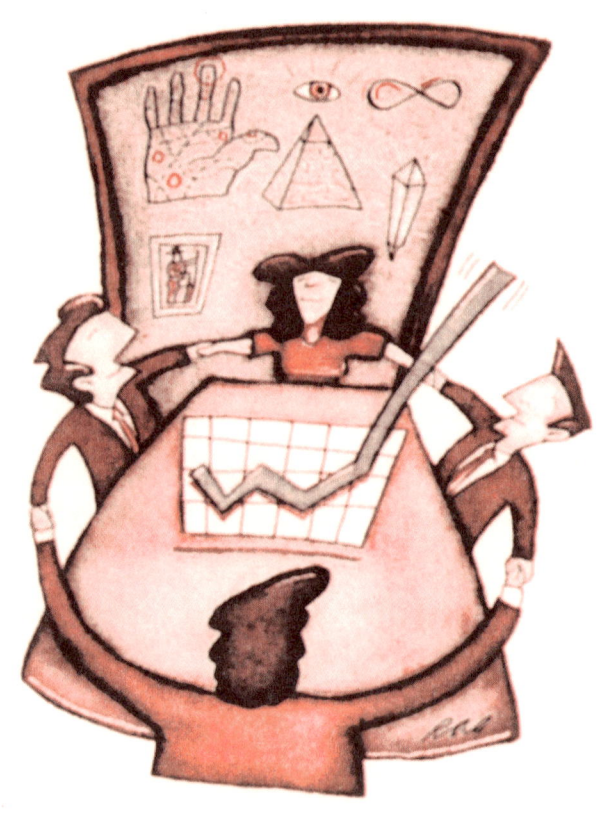

우리가 살아가는 세상은 사람과 사람과의 관계 속에서 모든 게 이루어진다.
내가 거느리고 있는 부하들, 내 주변의 사람들에게 신뢰받지 못하면
설령 성공했다 할지라도 그 성공은 오래가지 못한다.

테면 사법고시 패스하기 이전에는 그냥 지나쳐도 상대가 자신을 보지 못했기 때문이라고 생각하지만 고시 합격 이후에는 같은 일이 벌어지더라도 전혀 다른 생각을 갖게 된다. '네가 잘 되었으니 이제 나 같은 건 아는 척도 안하겠다 이거지' 라는 자격지심에 빠지면서 상대를 배신자나 건방진 사람으로 몰아갈 수도 있는 것이다. 이런 소문이 번지면 결국 친구를 무시하고 오만불손한 사람이 되고 만다.

신생 기업이 급격히 고성장을 거두고 나니 사장이 억대에 달하는 고급 수입차를 타고 다니면서 창업 당시 고생했던 직원들은 무시하고 자기 능력이 뛰어나 잘 되었다고 말하고 다닌다면 그 회사의 창업 멤버들은 회사를 그만두지 않을 수가 없다. 핵심 인력이 회사에서 빠져나가면 그때부터 기업의 성장은 침체의 그늘에 빠져들게 된다.

우리가 살아가는 세상은 사람과 사람과의 관계 속에서 모든 게 이루어진다. 내가 거느리고 있는 부하들, 내 주변의 사람들에게 신뢰받지 못하면 설령 성공했다 할지라도 그 성공은 오래가지 못한다.

기업이 잘 되고 자신이 잘 되었을 때 그 공을 부하들에게 돌리고 겸손해 하는 CEO가 되어야 한다. 자신의 능력으로 성공했다 할지라도 주변 사람들에게 변함없는 모습을 보여 주는 것은 성공한 사람이 가져야 할 겸손이자 성공을 장기적으로 이끌어가는 중요한 덕목 중 하나다.

특히 남성들에 비해 여성들은 민감하다. 나의 성공을 누군가가 시기하고 질투하고 있을 수도 있다. 때문에 자신이 잘 될수록 주변 사람들이나 친구 동창들을 대하는 말과 행동은 신중을 기해야 한다. 또 대외적인 활동에서도 남보다 튀는 행동을 자제하고 당당하고 자신감은 보여 주되 그것이 오만하지 않고 겸손한 자세이어야 한다. 요즘 사회는 '인터넷' 으로 대표되는 정보화 사회다. 예전과는 달리 연예인이나 유명인들의 말과 행동이 조심스러울 수밖에 없는 현실이다. 말 한 마디 잘못하면 순식간에 네티즌의 돌을 얻어맞게 되며 소문은 단 몇 시간 내에 몇 십만 몇 백만 명에게 알려진다.

기업이라면 그 피해는 더욱 크다. 몇 십억 원의 광고비를 들여 만들어놓은 기업 이미지가 CEO에 대한 좋지 않은 평가로 인해 한순간에 무너질 수도 있다.

자만하지 말고
배워라

진정한 사랑은 모든 열정이 타고 없어졌을 때 그때 남은 감정이다.
| 코렐리의 만돌린 |

체인점 570개, 연간 매출 규모 570억 원, 직원 수 400명의 (주)놀부는 국내 프랜차이즈업계에서는 대표적인 성공 모델로 꼽힌다. 이 회사의 김순진 회장은 1997년 다섯 평(16.5m²)의 식당에서 출발하여 20년 만에 오늘의 성공 신화를 만들어냈다. 사업으로 성공한 여성의 대명사로 잘 알려져 있지만 정작 그녀의 성공은 또 다른 곳에 숨어 있었다.

마흔이 넘어 검정고시로 중학교와 고등학교 졸업자격을 따고 서울보건전문대 전통조리과와 우송대학을 거쳐 학사학위를 받았다. 하지만 여기서 끝나지 않고 경원대에서 석·박사학위를 받아냈다. 그녀의 이러한 늦깎이 배움의 길은 단지 학력에 대한 미련 때문만이 아니었다. 박사학위 논문 제목은 「외식 프랜차이즈 브랜드 가맹점의 효율성 분석」으로 최근 (주)놀부가 시스템경영 지식경영을 추구하고 있는 것과 무관하지 않다는 것이다. 그녀의 공부는 자기 만족이나 명예를 위한 공부가 아니었고 자신의 현실에 그대로 접목되는

오늘의 자신을 자만하지 마라.
그 자만은 오래가지 못할 게 뻔하다.
급변하는 환경은 정체되어 있는 삶을 원하지 않는다.
더욱이 젊은이라면 시간을 쪼개가면서라도 후회없이 배우고 후회없이 활용해야 한다.

산 공부였던 셈이다.

단순한 사람들은 말한다.

"공부 많이 하면 뭐해. 나이 들어 돈 써가며 공부해서 뭐하냐구. 돈만 많이 벌면 부러운 것 없이 사는데 대학, 대학원 따위가 무슨 소용있냐구."

학력이 중요한 게 아니라는 건 사실이다. 하지만 하나라도 더 배워서 활용하는 공부이고 학력이라면 그것은 중요한 것이다.

유명 탤런트의 회당 출연료가 천만 원대를 호가하는 현실이다 보니 사람들의 관심은 늘 돈이다. 돈만 많으면 세상을 다 가진 것처럼 행복하다고 말할 사람들이 부지기수다. 하지만 재산도 뭘 알아야 굴리고 활용하는 시대다. 돈을 벌었다고해서 직장이나 조직에서 지금 자신의 위치가 어느 정도 된다고 해서 자만할 일은 결코 아니다. 죽는 날까지 배워도 모자라는 게 공부라고 했다. 더 배우고 익혀서 해될 것은 없다.

후배 중 한 사람은 나이 삼십이 넘었지만 일본 유학을 위해 도서관을 다니며 공부한다. 국내에서 석사 과정을 마친 그녀는 일본 정부에서 주는 장학금으로 박사 과정을 밟기 위해 시험에 도전하여 현재 2차를 통과하고 마지막 3차만 남겨두고 있다. 물론 그녀는 미혼이다. 하지만 미혼이라고 해서 서른 넘은 나이에 그녀처럼 열정을 갖고 공부하는 것은 아니다. 누군가 "노처녀가 공부는 해서 뭐해."라고 할 수도 있겠지만 아무런 목표 없이 능력있는 신랑감만 찾는 후배보다는 목표를 갖고 도전하는 그녀에게 박수를 쳐줄 수밖에 없다.

배우고자 하는 의지만 있다면 나이나 지위 또는 그 어떤 입장이나 환경은 탓하지 말아야 한다. 배움의 진정한 기쁨은 그 배

179

움을 간절히 원했던 사람만이 느낄 수 있는 기쁨이다. 70대 할머니가 컴퓨터를 배워서 인터넷을 즐기고, 메일을 주고 받을 때 갖는 기쁨이란 20대가 대학 졸업장을 갖는 것보다 몇 배 더 뿌듯하고 만족스러운 일이다.

오늘의 자신을 자만하지 마라. 그 자만은 오래가지 못할 게 뻔하다. 급변하는 환경은 정체되어 있는 삶을 원하지 않는다. 더욱이 젊은이라면 시간을 쪼개가면서라도 후회없이 배우고 후회없이 활용해야 한다. 사업가든 정치인이든 학자든 현재의 모습에서 만족하고 미래를 개척하지 않는다면 그것으로 그 사람의 성공은 끝인 셈이다.

매스미디어는
적절히 이용해라

현대는 PR시대다. 기업이든 개인이든 세상에 자신을 널리 알리지 못하면 성공하기 어렵다. 사장, 전문가, 정치인은 물론이고 의사, 변호사, 교수들도 기회만 주어진다면 TV에 얼굴을 내밀며 자신의 이름을 알리는 데 적극적인 세상이다.

방송, 신문, 잡지, 인터넷, 책 등은 매스미디어를 주도하는 굵직한 가지들이다. 이 가지들을 돈 안들이고 적절히 활용할 수만 있다면 성공이란 그리 어려운 일이 아니다. 다만 매스미디어를 활용할 때는 그만한 소스, 즉 뉴스거리가 있어야만 된다. 기업을 이끄는 CEO라면 획기적인 신제품 개발, 고성장, 수출력, 독특한 기업 문화, 차별화된 경영 전략 등 매스컴의 기자들이 관심을 갖고 다가설 수 있는 미끼(?)가 필수다.

획기적인 신제품을 만들었다고 끝이 아니다. 고객이 찾을 수 있는 마케팅이 뒤따라야 한다. TV나 일간신문에 광고를 내보내려면 1회 비용만으로도 천만 원 단위의 비용이 들어간다. 하지만 '획기적인

좋은 일로 매스컴에 노출될 기회가 생긴다면
이는 그야말로 절호의 기회로 삼아야 한다.

아이디어 제품으로 세계 최초'라는 수식어를 달고 방송 뉴스에 단 10초만 노출된다면 이는 몇 천만 원의 광고보다도 더 큰 마케팅 효과를 가져 온다. 음식점 주인이 유명 잡지 컬러 지면에 두 페이지 인터뷰만 나가더라도 그 집은 전국에서 고객이 찾아오게 된다. 또 방송이나 인쇄 매체에 한 번 소개되면 다른 방송과 매체들이 이어서 보도 경쟁을 벌이게 된다. 기회만 잘 잡으면 단 1원의 비용도 들이지 않고 수억 원의 광고 효과를 볼 수도 있다. 이처럼 매스미디어의 힘은 크다.

문제는 어떻게 이용할 것인가이다.

저자는 매스컴 관련 일을 하면서 매체 활용에 대한 나름대로의 기본 노하우를 알게 됐다. 매스컴에 노출된 적이 없는 사람들은 언론 매체의 인터뷰에 큰 부담을 갖는 게 사실이다.

이를 테면 기자들이 전화로 인터뷰 요청을 하면 먼저 겁부터 먹기 일쑤다. "혹시 어떤 다른 문제를 들춰내려는 것은 아닐까?", "인터뷰하면 돈을 줘야 할지도 몰라?", "잡지에 광고를 내달라면 어떡하지." 등등.

아직도 일부 소수의 매체들이 인터뷰나 기업 및 제품 홍보 보도에 따른 비용을 요구하는 경우가 있다고는 하지만 대부분은 먼저 취재 요청을 해올 때는 그런 부담을 갖지 않아도 된다. 매체에서 원하기 때문에 먼저 취재 협조를 구하는 만큼 이럴 때는 즐겁게 그리고 자신있게 응해 주면 된다.

또 '기자'라는 상대에 대해 부담을 갖는 이들이 적지 않다. "나는 말도 잘 못하는데", "기자들은 무척 예리하고 의외의 질문을 하는데"라는 생각 때문에 인터뷰를 피하는 이들도 많다. 특히 여성들 중에는 얼굴이 알려지면 안 된다는 부담을 갖는 이들이 적지 않다. 적어도 비리에 연루되었거나 무언가 문제가 있어서 기자가 찾아오는 경우가 아니라면 아주 편안한 마음으로 응대하면 된다. 기자도 사람이다. 기자는 기자란 직업을 갖고 있는 사람일 뿐 천재도 아니고 형사도 아니며 아주 특별한 그 어떤 인물도 아니다.

좋은 일로 매스컴에 노출될 기회가 생긴다면 이는 그야말로 절호의 기회로 삼아야 한다. 다만 매스컴에 노출되다 보면 자신도 모르게 본업에 충실하지 않고 스타 증후군에 빠져 연예인화되려는 경향을 보이는 사람들도 있다. 기업인이나 전문 분야 종사자는 매스컴에 너무 자주 얼굴을 드러내는 것은 자제해야 한다. 모델 대신 자사광고에 직접 등장하는 경우가 아니라면 대중에게 얼굴을 자주 내비치는 것은 가볍다는 인상과 함께 전문가로서의 신뢰 하락을 유도하는 일이 될 수도 있다.

PR전략

– 기사거리를 먼저 만들어서 대상 매체에 던져라. 보도자료를 작성하여 메일 또는 우편으로 발송할 경우 뉴스로서의 가치가 있다면 기자들이 연락을 취하기 마련이다.

– 홍보 창구를 일원화시켜라. 홍보 담당자가 없다면 총무 부서나 기획실 직원 중 한 명을 대외 홍보 담당 업무를 겸하도록 해라.

– 기자들의 접근을 즐거워해라. 문제성 취재 접근이 아닌 이상 기자를 홀대하거나 취재 거부하는 일은 오히려 역효과를 가져온다. 부담 갖지 말고 편안하게 대하라.

- 촌지 대신 식사를 대접해라. 기자에게 촌지를 주는 것 자체가 잘못된 일인데다 설령 주고나서 문제가 되지 않더라도 촌지를 주고나면 지속적인 관계를 유지하기 어렵다. 식사 대접을 하면서 서로 친해지게 되면 다음 홍보가 필요할 때 도움을 받을 수 있다.
- 대화할 때 언행에 신중을 기해라. 있는 사실대로만 말하고 오버하지 마라. 기자들은 부풀려 말하는 사람들을 좋아하지 않는다. 또 다른 매체와 비교 평가하는 발언은 금물이다.

소리 없이
사회 환원을 실천해라

어쩌면 사랑이란 잃었던 시력을 찾는 일인지도 모르겠습니다.
이별이 가혹한 이유도 세상이 다시 밋밋했던 옛날로 돌아가기 때문일 겁니다.
| 연애소설 |

언젠가 국내 굴지의 그룹이 기업 운영과 관련 사회적으로 지탄을 받을 만한 문제가 터져 검찰의 조사를 받게 되자 엄청난 금액을 사회에 환원하겠다고 했다. 또 다른 기업도 비자금 문제 관련 수사를 받게 되자 큰돈을 사회에 환원하겠다고 했다.

참으로 우스운 일이 아닐 수 없다. 우리나라의 경우 마케팅이나 기업 이미지를 떠나 순수하게 사회에 부를 환원시키는 기업이나 사장은 보기 드물다. 외국의 CEO들을 보자.

세계 2위의 부자인 미국의 워렌 버핏이 재산의 85%인 370억 달러(약 36조 원)를 5개 자선 단체에 기부한다고 발표해 감동을 주었다. 빌 게이츠도 이미 500억 달러에 달하는 재산 중 1,000만 달러만 자녀들에게 상속하고 나머지는 사회를 위해 사용하겠다고 발표한 바 있다.

같은 기업인이지만 달라도 너무 다르다. 돈을 많이 번 부자라고 해서 자신의 부를 사회에 환원해야 한다는 법은 없다. 그 누구의 강요도 없다. 하지만 이런 생각을 해보면 어떨까 싶다. 한 기업인이 제품을 만들어 판매하여 엄청난 부자가 되었다. 하지만 만일 그 나라의 국민들이 그 회사 제품을 구입하지 않았다면 그렇게 큰 부자가 될 수 있었을까. 국적을 막론하고 어느 기업인이든 소비자가 존재하지 않았다면 부자가 될 수는 없는 일이었다.

2005년 국내 경영정보지 「월간 CEO」는 한국전문경영인학회 회원으로 있는 대학교수 25명을 대상으로 설문조사한 결과 존경받는 CEO가 갖춰야 할 덕목의 최우선 항목으로는 도덕성 56%, 사회 환원 20%, 높은 인품 16% 등을 꼽았다고 밝힌바 있다.

대학교수들이 사회 환원을 두 번째로 꼽은 이유는 무엇인지 굳이 물어볼 필요가 없다. 우리 사회는 사회 환원 관련 뉴스가 나오면 가장 자주 듣는 얘기가 할머니들이 노점상 식당 등으로 평생 모은 재산을 학교에 기부한다는 것이다. 우리나라 어느 기업 CEO가 자신의 재산 중 절반이라도 사회에 환원한 적이 있을까? 어떻게 하면 자식에게 한 푼이라도 더 물려 주려고 온갖 편법을 다 쓰는 사람들이 사회에 돈을 바칠 일이 없다.

그래서 흔히 사람들이 말하기를 "있는 놈이 더하다."고 하는 게 아닐까?

세상은 혼자서는 살 수 없다. 나보다 잘 났든 못났든 이 세상을 함께 움직이는 수많은 사람들이 있기에 우리는 존재한다. 때문에 우리는 모두가 잘 사는 세상을 만들자고 말한다. 이런 세상을 위해서는 나눔의 문화가 확산되어야 한다.

최근 들어 기업들의 사회 참여가 늘고 있다. 직장 내 봉사활동을 위한 모임 한두 개는 중소기업에도 있다. 고무적인 현상이다. 하지만 정작 큰 보따리를 풀어놓을 수 있는 부자들은 크게 관심을 갖지

세상은 혼자서는 살 수 없다. 나보다 잘 났든 못났든
이 세상을 함께 움직이는 수많은 사람들이 있기에 우리는 존재한다.
때문에 우리는 모두가 잘 사는 세상을 만들자고 말한다.
이런 세상을 위해서는 나눔의 문화가 확산되어야 한다.

않는 듯하다.

CEO가 되든 장사꾼이 되든 우리는 많은 것을 갖게 되면 "내가 이 돈을 어떻게 벌었는데"를 생각할 게 아니라 "어떻게 하면 나보다 더 힘든 이들에게 도움이 될 수 있을까"를 생각해야 한다. 존경받는 기업, 존경받는 CEO는 사회 환원에 적극적이고 자기 욕심을 내지 않는다. 그리고 검소하다.

워렌 버핏이나 빌 게이츠의 환원을 보면서 "그 사람들은 워낙 돈이 많으니까."라고 말하는 사람이 있다면 그는 돈이 많아도 베풀지 않을 사람이다.

사회 환원이라 해서 반드시 큰 돈만을 생각해서는 안 된다. 자신의 월급 중 1%만 베풀어도 세월이 흘러가면 큰 돈이 되어 많은 이들을 도울 수 있다. 평소 나눔에 대해 야박하거나 무관심했던 사람들은 설령 로또에 당첨된다 할지라도 사회에 조금이라도 기부해야겠다는 생각을 하지 못할 것이다. 이를 테면 사회 환원은 습관이고 관심인 것이다.

만일 당신이 CEO가 되었을 때 수익금의 일부를 어려운 이웃에게 기부한다고 치자.

"우리 사장님은 어려운 사람들에게 너무 많이 베풀고 돈을 퍼준다."고 욕하는 직원이 있을까?

189

휴식은 더 큰 미래를
구상할 때 취해라

사랑받지 못한다는 것은 이 세상에서 가장 괴로운 것이다.
| 에덴의 동쪽 |

1년 전 스페인 여행을 하던 중 바르셀로나의 한인 민박에서 우연히 여행 중인 한국인을 만났다.

대학 졸업하고 금융권에서 8년 동안 근무했다는 그녀는 퇴직을 한 후 1년 동안 세계여행을 하는 중이라고 했다. 5개월 동안 아시아권을 여행한 후 한국에 들어가 한 달 정도 있다가 다시 유럽을 여행 중이라고 했다. 여행이 끝나면 그녀는 미국 뉴욕으로 가서 공부를 할 생각이란다. MBA과정을 마친 후 한국으로 돌아가 제2의 도전을 할 것이라고 했다.

직장인들 중 적지 않은 사람들이 "아, 나도 쉬고 싶어.", "하루만이라도 아무 일 안하고 놀고 싶어."라고 말한다.

그런 소리를 들을 때마다 일과 휴식을 적절히 활용하지 못하는 것 같다는 생각을 한다.

나는 평소에 쉬지 못하고 일하는 편이다. 직업이 글 쓰는 일이다 보니 시도 때도 없이 일을 한다. 그러다보니 사람들과 만나지 않는

토요일, 일요일에는 오히려 일하는 양이 더 많은 편이다. 이렇게 생활하다 보면 정말이지 쉬고 싶을 때가 한두 번이 아니다. 하지만 나는 1년에 한 번 아니면 두 번 몰아서 쉰다.

국내 여행을 할 때도 있지만 1년에 한 번은 외국에 나가서 일 주일 또는 이 주일 동안 철저하게 혼자라는 자유를 즐긴다. 나 나름대로는 휴식을 재대로 즐기는 편이라고 생각했건만 스페인에서 만난 그녀의 얘기를 듣고 '멋있는 친구다'라는 생각을 했다. 또 그녀의 얘기를 듣는 순간 키 160센티도 채 안 되는 그녀가 그렇게 크게 느껴질 수가 없었다.

아마도 그녀는 8년 동안 직장 생활에서 최선을 다했을 것이다. 그리고 새로운 도전을 위해 1년간 충분한 시간을 갖고 휴식을 취하면서 미래를 구상하고 있을 거다.

그녀의 여행은 생각 없는 직장 초년병 여자들이 일본 하라주꾸 골목시장으로 옷사러 가는 여행이거나 정말 생각 없이 사는 여자들이 명품 옷 사러 3박 4일 홍콩 여행을 하는 것과는 분명히 다른 것이다.

휴식은 자기 일에 최선을 다하고 결과가 있을 때 그때 가져도 늦지 않는다. 또 자기 일에 빠지다보면 한가롭게 여행을 꿈꿀 시간마저 없다. 어떻게 해야 지난번보다 더 큰 프로젝트를 성공적으로 진행할 수 있을까에 대해 고민을 하게 되고 정신없이 일이 이어지기 때문이다.

직장인도 연예인도 진정한 프로가 되어 하나의 프로젝트, 하나의 큰 일이 끝났을 때 그때 다음 일을 위해 여행을 떠나고 휴식을 취하는 것이다.

휴식을 취할 기회는 아직 많다.

젊은 여성들이여!

멋진 휴식,
진정한 휴식을 위해 먼저 일에 열정을 불사르자.
·그리고 성과를 보이자.
그 성과에 자신 스스로 만족할 때 그때 여행배낭을 꾸리자.
그때 휴식 여행을 떠나도 결코 늦지 않을 거다.

멋진 휴식, 진정한 휴식을 위해 먼저 일에 열정을 불사르자. 그리고 성과를 보이자. 그 성과에 자신 스스로 만족할 때 그때 여행배낭을 꾸리자.

그때 휴식 여행을 떠나도 결코 늦지 않을 거다.

부자 여성들에게 배우는 재테크 노하우

하나, 지금 당장 경제 공부를 시작한다.

많은 여성들이 금융권에서 권하는 대로 자산을 투자하고 있다. 투자는 아는 만큼 재테크 노하우가 생긴다. 재테크에서 성공한 여성들은 처음부터 경제 박사가 아니다. 그들은 경제 신문을 가까이 하고 재테크 관련 서적을 읽는다. 그리고 재테크 관련 인터넷 카페에 가입하기도 하고 인터넷 사이트에서 경제 관련 칼럼을 찾아 읽는다.

둘, 보너스나 뜻밖의 돈이 들어오면 통장을 만든다.

특별 보너스라든가, 휴가비, 상여금이 들어오면 주식이나 펀드에 넣는다. 예를 들어 특별 보너스로는 3개월마다 배당을 주는 리츠(REITs, 부동산 투자를 전문으로 하는 뮤추얼펀드)에 가입하고, 휴가비 중 일부는 인덱스펀드(주가지수에 영향력이 큰 종목들 위주로 펀드에 편입해 펀드 수익율이 주가지수를 따라가도록 운용하는 상품)에 넣는 것이다. 그밖에 몇년 내에 상장이 확실시되는 우량기업의 장외주식을 사둔다. 이렇게 조금씩 투자한 돈이지만 몇 년이 흘러 돈을 사용할 시기가 되면 주가지수가 꽤 올라 몫돈을 쥐게 된다.

셋, 무조건 남이 좋다고 따라가지 않는다.

재테크에서 성공한 사람들은 절대 친구 따라 강남 가지 않는다. 여기 저기 귀를 넓혀 많은 정보는 듣는 것은 매우 중요하다. 그러나 나의 성향과 위험도가 얼마나 되는지도 잘 파악하고 있어야 한다. 많은 정보를 갖고 나에게 맞는 금융 상품을 골라야 한다.

넷, 투자도 내가, 책임도 내가 진다.

금융사 직원에게 내 돈을 맡기고 알아서 해달라는 식으로 투자해서는 안 된다. 전문가의 의견은 참고 사항일 뿐 결정은 내가 내린다. 투자한 후에도 알아서 오르면 팔아주겠지 하고 있다가는 낭패보기 십상이다. 처음에 예상했던 수익률이 맞아가고 있는지, 처음 투자의 원칙대로 잘 되어가고 있는지 등등을 꼼꼼히 살펴야 실패없이 성공적인 재테크를 할 수 있게 된다.

다섯, 목돈이 생길 때까지 기다리지 말고 적은 금액부터 무조건 투자
한다.

목돈이 생겨야 투자를 하든 말든 할 텐데라고 생각하면 투자도 못하고, 투자한다 해도 잘못해서 손해를 볼 수도 있다. 주식과 펀드는 분산 투자라는 것을 잊으면 안 된다. 수중에 있는 1만 원으로 주식을 사보고 펀드에도 들어본다. 흐름을 파악하고 수익이 난다 싶으면 그때 금액을 늘려나가면 된다.

여섯, 쇼핑하듯이 금융 상품을 선택한다.

여자들은 물건 하나하나를 고를 때 꼼꼼하게 살피고, 이것 저것 따지며 까다롭게 고른다. 바로 이런 자세가 금융 상품을 고를 때도 필요하다. 내 돈을 투자하는데 '묻지 마' 식으로 투자할 수는 없지 않은가. 다양한 정보에 귀기울이고 여러 금융기관의 상품들을 항상 눈여겨 보았다가 이거다 싶을 때 투자하는 것이다.

일곱, 사람 관리는 재테크의 길을 알려주는 정보바다이다.

한국의 부자 여성들을 보면, 같은 여성들의 네트워크를 활용해 부자가 된 경우가 있다. 긍정적인 인간 관계는 사업을 하든 재테크를 하든 나에게 수많은 정보를 가져다 주기도 하고 사업을 시작할 때 중요한 기본이 되기도 한다. 특히 재테크에서 성공한 여성들을 보면, 주위에 있는 사람들과의 관계가 아주 좋다는 것을 알 수 있다.

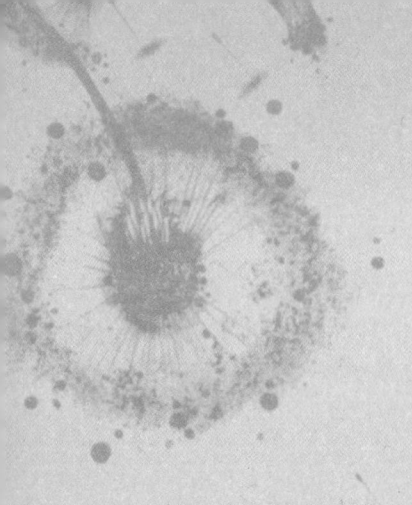

| 여 성 이 여 열 정 의 중 심 에 서 라 |

성공한 여성들의 성공담을 듣고 있으면
가슴 속에서 나도 할 수 있다는 생각이 불끈불끈 솟아오른다.
벤치마킹을 통해 자신의 성공 모델을 만들고 열정의 중심에 서서
실속있게 자기 계발을 하고 정보를 통해 자신을 업그레이드시키면
성공의 키를 잡게 된다.

이제 넓은 세상을 향해 성공의 항해를 시작하자.

여직원 정장 직접 사주는
성격 좋고 감성 만점의 CEO

솔직 담백하다. 체면을 중시하지 않는다. 누굴 만나든 자기 사람
으로 끌어들이는 서글서글한 말투가 인상적이다. 헤어스타일은 앞
머리를 눈썹 부분까지만 사르고 나머지는 약간은 긴 난발머리 형을
고수한다.

"소주 한잔 합시다."라고 말하면

"그러죠 뭐."라고 시원시원하게 나올 것 같은 사람 바로 이지함
화장품 김영선 40세 대표다.

'성격 좋은 여자'(?), 두말하면 잔소리

이 대표를 두고 '성격 좋은 여자'라는 말을 한다는 것은 어쩌면 촌스러운 일인지도 모른다. 그에 대해 조금이라도 아는 사람이라면 '두말하면 잔소리'라는 소리를 들을 만한 인물이기 때문이다.

CEO가 되기 전 그는 남들이 쉽게 이해가 되지 않는 일을 저질렀었다. 제약회사 약사로 근무하던 중 어느 날 갑자기 외국회사 마케팅 팀장으로 직업을 바꾸었기 때문이다.

그가 해야 했던 일은 피부과 병원 리스트를 만들어 의사들을 전화 컨택한 후 일일이 찾아다니며 회사의 신제품을 홍보하는 일이었다. 따지고 보면 피부과 의사들에게 제품을 소개하고 그 결과 판매가 증대될 수 있도록 하는 일이니 영업과도 같은 일이었다. 게다가 자기 시간 관리에 철저한 의사들에게 전화 한 통화 하고 만난다는 것은 쉽지 않은 일이었다. 하지만 그는 업무 시작 6개월 만에 300여 개에 달하는 피부과 병원의 의사들에게 눈도장을 찍었고 인정을 받았다.

거래처 만들기 위해 술 약속을 하는 남자도 아니고 미모를 무기로 내세우는 미혼여성도 아니었다. 하지만 그는 해냈다. 그 일을 하면서 택시운전기사만큼이나 서울 지리를 잘 알게 됐다는 김영선 대표는 "약속을 철저히 지키고 그로 인해 신뢰를 받은 것과 의사들에게 조금이라도 도움이 되는 정보를 제공한 것이 효과적이었다."고 말한다.

하지만 그 이면에는 애교나 우아함은 아예 죽여 버리고 적극적이고 밝은 이미지와 말투 시간 약속 행동 등에서 철저한 자기 관리가 필요했다. 특히 병원을 찾느라 몇 시간 동안 도로에서 고생을 했을지라도 미팅에 임하면 김대표 특유의 시원스럽고 서글서글한 성격을 드러냈던 것이다. 상대에게 부담을 주지 않고 언제나 편안함과 즐거움을 주는 이런 성격은 의사들로부터 '다시 또 만나도 좋을 만한 사람'으로 각인된 것이다.

CEO가 되고자 마케팅도 발로 뛰며 익힌 마당발

혹자는 "명문대 약학과를 졸업한 약사가 뭐가 아쉬워서 의사들 찾아다니며 제품 홍보를 했을까."라고 말하기도 하지만 그에게 약사 자격증은 권위나 명예의 상징물이 아니었다. 더욱이 남편이 법조계에 종사하니 앉아서 사모님 소리나 들어도 되었지만 그는 자신의 길을 중시여겼고 그럴 만한 목표가 있었다. 언젠가 CEO가 되려면 마케팅을 알지 못하고서는 성공할 수 없다는 것을 일찌감치 깨달았던 것이다.

성격 좋고 자기 관리에 철저한 스타일의 소유자로 인정받다보니 그에게는 복이 저절로 굴러들어왔다. 평소 업무 관계로 친하게 지내던 의사들로부터 공동 회사 설립과 CEO 자리를 제안받은 것이다.

2000년 7월 이지함 화장품의 CEO가 되었지만 시작은 아주 단출했다. 피부과 병원 한켠에 책상과 노트북컴퓨터가 전부였다. 직원한 명 없이 시작을 했다. 회사는 조금씩조금씩 키워왔다. 지난해까지 피부관리 및 보호에 효과적인 50여 종의 기능성 화장품을 개발 판매해 왔고 매출 40억여 원의 기업으로 성장했다.

물론 사업 도중 시련도 많았다. 관리 부문에서 모르는 새 많아 검찰에 불려가는 일도 있었고 화재로 인해 회사가 엉망이 되던 상황도 있었다. 하지만 그는 포기하지 않았다. 예측 불허의 상황에 처할 때마다 마음이 흔들리기도 했지만 긍정적인 성격대로 '잘 할 수 있을 것이다. 잘 될 것이다.'는 각오가 불안감보다 앞섰다. 사업을 이끌어 오면서 종종 그는 도전적이고 일을 과감하게 밀어붙이는 기질을 드러냈다.

그러나 한 가지 특이한 사실은 일에서는 강하고 빈틈없이 똑 부러지는 성격이지만 인간 관계에서만큼은 천상 마음 여리고 감성적인 여자다.

업무 스타일은 빈틈없이 똑부러지지만
마음 여리고 감성적인 여자

사실 몇 년 전 화재가 난 이유는 전기난로가 문제였다. 그 전기난로는 바로 김 대표가 여직원들을 특별히 생각하여 책상 밑에 두고 사용할 수 있도록 사준 것이었는데 그만 한 직원이 전원을 끄지 않고 퇴근한 것이 문제였다. 결과가 화재로 이어졌기에 마음은 아팠지만 직원들은 사장에 대한 신뢰를 오히려 더욱 굳게 다지는 기회가 되었다.

그런가 하면 전시회를 앞두고 밤낮없이 일에 몰두하는 홍보 담당 직원의 책상 위에 사이즈까지 정확하게 맞춘 정장 한 벌을 올려놓는 가슴 따뜻한 CEO이기도 하다. 이런 사연은 이미 '감성과 CEO'라는 내용으로 언론에 노출되기도 했다.

국내 최초로 '메디컬 코스메틱', 즉 기능성 화장품을 표방하고 나선 지 올해로 만 9년이 된 이지함화장품은 올 들어 13종의 기능성화장품 '닥터스케어' 런칭을 통해 화장품 시장에 한 발 더 가까이 다가섰다. 그리고 130억 원 규모의 수출로 미국시장 진출에도 성공했다.

이런 이지함 화장품을 바라보는 주변 시선은 독자적인 기술로 신시장을 개척한 연구 개발진의 노력도 인정하지만 일찌감치 30대 초반에 사업에 뛰어들어 남다른 성격과 감성으로 기업을 키워온 김영선 대표의 능력을 더 높이 사는 편이다.

포장하지 않은
있는 그대로를 말하는 여자

　　아름답게 포장하기보다는 포장지 속에 숨어 있는 것들을 풀어 보이는 것은 쉽지 않은 일이다. 우리 사회 전반에 걸쳐 아직 속이 드러나지 않은 분야는 너무도 많다. 사회가 발전하려면 숨어 있는 종양을 가능한 빨리 잘라내고 치료해야 한다. 그중 하나 10대들의 성 그 치부를 여과없이 드러내어 숨겨진 성이기보다는 아름답게 지키고 가꾸어야 할 성으로 이끄는 사람이 있다. 구성애(53세, 아우성 소장)씨다.

스타 강사가 된 올바른 성문화 전도사

"요즘은 거리에 나서기가 두려울 정도예요. 중학생부터 주부, 할아버지들까지 식당이나 비행기에서나 저만 보면 상담하고 싶다며 다가옵니다."

1998년 TV에서 "아우성(아름다운 우리 아이들의 성)"강의로 돌풍을 일으킬 당시 구성애씨가 한 매체와의 인터뷰에서 한 말이다. 10년이 지난 지금 역시 그는 남녀노소 누구나 다 좋아하는 우리 시대 스타강사이자 올바른 성문화 전도사다.

사람들은 왜 구성애 소장을 좋아할까?

성교육 전문가라는 점 외에는 그다지 특별한 것이 없는 것 같은 그의 강의를 들으면 누구라고 할 것 없이 하나같이 배꼽이 빠지도록 웃기도 하고 공감하며 고개를 끄덕이기도 하고 사뭇 진지해지기도 한다.

더욱이 그는 남들이 입 밖으로 꺼내기 두려워하고 꺼리는 성을 과감하게 표현한다. 나이 오십줄의 평범한 아줌마처럼 보이는 그가 스타강사이자 전문 분야에서 성공한 여성이라는 소리를 듣는 이유는 어디에 있을까?

한 방송평론가는 성에 관한 지식을 대상에 따라 달리 재미있게 전달하는 '눈높이 화법'이 바로 구성애 씨만의 독특한 노하우라고 한다.

그는 강의에서 피임, 낙태, 성병, 자위 등을 설명할 때 이론적인 설명만으로 일관하지 않는다. 7년간 조산사로 일한 경험, 중학교 2학년생인 아들을 키우며 부딪혔던 문제, 아우성 상담소장으로서 수많은 사람들과 나눈 상담 내용 등을 실례로 들어 주면서 보다 생생하게 말한다.

그녀가 선택하는 언어와 목소리에는 꾸밈이라고는 찾아볼 수가 없다. 사실 그대로를 능청스럽게 보일 만큼 너무도 자세하게 그리고 편하게 쏟아놓는다.

여기에 그만의 양념 한 가지가 더 있다. 남 눈치 같은 것은 그다지 중시여기지 않는 듯한 성격 그대로의 표현이다. 흔히 그를 두고 사람들이 말하는 '걸쭉한 입담'이 그것이다.

누군가 해야 할 일을 대신 나서서 하는 여자

자칫하면 오버액션으로 보일 수도 있지만 그는 사실 그대로를 아주 자연스럽게 말한다. 청소년들의 자위에 대한 말도 가라앉은 톤으로 진지하게 말하기보다는 마치 '몸에 부스럼이 나면 아이들은 가려워서 긁을 수밖에 없다. 너 왜 긁느냐며 엄마들이 아이에게 핀잔을 주어서는 안 된다'는 식의 화술을 즐긴다.

또 받아들여야 하는 사실에 대해서도 더 붙이지도 않고 빼지도 않으면서 그대로 노골적으로 표현한다. 청소년기 아들이 자위를 하여 아이방 휴지통에 화장지가 쌓일 경우 이것에 대해 문제 삼지 말라고 당부한다. 엄마가 할 일은 자연스러운 일로 받아들이고 아무 말없이 휴지통을 비워 주거나 청결에 문제가 없도록 질 좋은 화장지를 늘 방에 비치해두라고 한다. 물론 이 말은 자위를 부추기는 것은 아니다.

이런 구소장의 성교육 강사로서의 활동과 화술에서 저자는 두 가지 그녀의 남다른 점을 손들어 주고 싶다.

한 가지는 누군가는 해야 할 일이지만 쉽지 않은 일에 용기 있게 뛰어들었다는 것이다. 연세대 간호학과 75학번인 구씨는 1987년부터 노동운동 단체에 근무하며 상담일을 하다가 1991년 본격적인 성교육강사로 나섰다.

1995년엔 『구성애의 성교육』이라는 책을 썼다. 남의 눈치 보지 않고 그는 자신이 목표한 일에 열정을 쏟은 것이다. 또 이런 과정에서 부딪히거나 고민되는 일이 한둘이 아니었겠지만 그는 과감하게 추진했고 적극적인 자세로 일관해온 것이다.

여과없이 진실을 말하는 여자

또 다른 한 가지는 진실이다. 그가 아무리 재미있는 어투로 말을 한다 하더라도 그 말에서 진실을 느낄 수 없었다면 사람들은 그를 그저 사람을 웃기는 아줌마 정도로 취급했을지도 모른다. 하지만 구성애 소장의 말 속에는 진실이 묻어난다. 꾸밈이 없이 솔직담백한 어투가 돋보인다.

그와 대화를 나누면 해결되지 않을 일은 하나도 없을 것 같다는 느낌이 들 정도로 매사에 시원시원하고 화통하다.

우연한 기회에 그녀를 만나 이야기를 나눈 적이 있다. '청소년들의 성 문제와 관련 기회가 주어진다면 자원 봉사자로 나서고 싶다'는 말을 하자 이유를 묻거나 자격을 묻지도 않았다. 원한다면 언제든지 동참해달라고 했다. 유명 강사로서의 권위의식이나 낯을 가리는 모습은 전혀 찾아볼 수 없는 아주 편안한 이웃 같은 친구감이 묻어난다.

이런 구성애 소장의 면모는 곧 그의 성격을 대변한다. 포장하지 않은 있는 그대로를 말하는 직선적이고 솔직담백한 성격이다. 그가 명문대 간호학과를 졸업하긴 했지만 그의 성격이 내성적이고 개인주의적이었다면 그에게 오늘의 '아우성 소장'이란 직함과 연예인 못지 않은 인기는 없었을 것이다. 자신이 뜻한 바를 책과 강의로 과감하게 드러내고 많은 사람들에게 공감을 얻은 것은 그만의 성격이 큰 몫을 한 것이다.

　최근 구소장은 인터넷 업체인 제오젠과 손잡고 "모바일 아우성" 서비스를 시작했다.

　서비스는 성관계와 피임, 낙태, 성병, 자위 등 청소년들이 궁금하게 생각하는 성 지식을 사진이나 그림을 곁들여 설명하고 상담도 해주는 서비스다.

성공을 꿈꾸는 여자가 알아야 할 모든 것

여성이여, 열정의 중심에 서라!